KB064997

베어드 선교사의
한글 번역본
이솝우언

베어드 선교사의
한글 번역본
이솝우언

숭실대HK+
메타모포시스
교양문고 03

장경남 역

보고사
BOGOSA

숭실대학교의 설립자인 윌리엄 마틴 베어드(Willam. M. Baird, 한국 이름 배위량(裵緯良), 1862~1931)는 1891년 미국 북장로교 선교사로 내한하여 부산에서 선교 사역을 시작하였고, 이듬해부터 1896년까지 수차례 순회 전도여행을 하였다. 1897년에는 중등 및 고등교육의 필요성을 절감하고 평양의 사저에서 '숭실학당'을 열었다. 1906년 9월 한국 최초로 대학부를 설치하여 숭실대학의 초석을 다졌고 1915년까지 학장직을 맡았다. 학장직에서 물러난 이후 1916년부터는 성서번역 및 기독교 문서 출판을 통한 선교 사역에 전력하였다. 그 결과 수십 권의 번역서를 출간함으로써 서양 문화를 국내에 소개하는 역할을 하였다. 이 과정에서 이솝의 우화집인 '이솝우화'를 한글로 번역하여 『이솝우언』이라는 제명으로 출간하였다.

이솝우화는 세계 각국의 언어로 번역되어 출간되었는데, 우리나라에서는 처음에는 교과서나 신문 잡지를 통해 한두 편의 이야기가 소개되다가 수십편의 이야기를 수록한 책으로 간행되기에 이르렀다. 베어드 선교사의 『이솝우언』도 그 중 하나이다. 이 책은 간행 당시까지 가장 많은 이야기를 수록한 이솝우화집이라는 점과 미국인 선교사가 한글로 번역한 이솝우화의 번역서라는 점에서 의의가 있다.

1967년 설립된, 숭실대학교 한국기독교문화연구원은 2018년 한국연구재단의 인문한국플러스(HK+) 사업 수행기관으로 선정되어 "근대전환공간의 인문학 – 문화의 메타모포시스"라는 아젠다로 문학과 역사와 철학을 아우르는 다양한 인문학 연구자들이 학제간 연구를 진행하고 있다. 개항 이래 식민화와 분단이라는 역사적 격변 속에서 한국의 근대(성)가 형성되어온 과정을 문화의 층위에서 살펴보는 것이 본 사업단의 목표이다. '문화의 메타모포시스'란 한국의 근대(성)가 외래문화의 일방적 수용으로도, 순수한 고유문화의 내재적 발현으로도 환원되지 않는, 이문화들의 접촉과 충돌, 융합과 절합, 굴절과 변용의 역동적 상호작용을 통해 형성되었음을 강조하려는 연구 시각이다.

본 HK+사업단은 아젠다 연구 성과를 집적하고 대외적 확산과 소통을 도모하기 위해 총 네 분야의 기획 총서를 발간하고 있다. 〈메타모포시스 인문학총서〉는 아젠다와 관련된 연구 성과를 종합한 저서나 단독 저서로 이뤄진다. 〈메타모포시스 번역총서〉는 아젠다와 관련하여 자료적 가치를 지닌 외국어 문헌이나 이론서들을 번역하여 소개한다. 〈메타모포시스 자료총서〉는 숭실대 한국기독교박물관에 소장된 한국 근대 관련 귀중 자료들을 영인하고, 해제나 현대어 번역을 덧붙여 출간한다. 〈메타모포시스 교양문고〉는 아젠다 연구 성과의 대중적 확산을 위해 기획한 것으로 대중 독자들을 위한 인문학 교양서이다.

이 책은 〈메타모포시스 교양문고〉 3권으로 기획되었다. 베어드 선교사가 번역한 이솝우화집인 『이솝우언』을 현대어로 풀어씀으로써 일반 독자들이 쉽게 읽을 수 있도록 했다.

본 사업단에서 추구하는 연구 사업의 성과를 일반 대중에게 확산시키고자 하는 의도에 적합한 도서이기에 일반 대중에게 소개할 목적으로 이 책을 간행한다. 이 책이 구한말의 선교사들의 활동, 그리고 당시 문화적 변통에 대한 이해를 높일 수 있기를 기대한다.

2023년 3월
숭실대학교 한국기독교문화연구원 HK+사업단장
장경남

일러두기

1. 이 책은 배위량(裵緯良, William. M. Baird의 한국 이름)이 번역한 이솝의 우화집 『이솝우언』(조선야소교서회, 1921)을 현대어로 옮긴 것이다.

2. 현대어 표기는 가급적 현용 '한글 맞춤법'에 따라 표기하되, 간행 당시의 어감을 살리기 위해 당시 용어를 그대로 사용하기도 하였다.

3. 번역 당시의 문체나 용어에 대한 이해를 돕기 위해 가급적 원문대로 표기하였으며, 본문의 한자 병기는 원문 표기를 그대로 따르되, 용어에 대한 이해를 돕기 위해 각주를 활용하였다.

4. 삽화는 1921년 조선야소교서회에서 간행한 책에 실린 그림을 그대로 수록하였다.

5. 「우언목록」의 제목과 본문의 제목이 다른 경우는 그대로 두되, 아주 상이한 경우만 각주에서 설명을 했다.

차례

11

13

이솝우언 서

이 이솝 우언[1]은 근대의 저작이 아니요, 옛 시대부터 전하여 내려오는 것인데, 그리스 백성들 중에서 나온 속전[2]으로, 2천여 년 간을 이런 유익한 이언(理言)으로 아이들과 청년들을 가르칠새, 짐승들이 서로 이야기하는 모양으로 여러 가지 슬기 있는 이치를 말하였으며, 또한 그 동안에 여러 문학자들이 이 이치를 가지고 문장을 더욱 아름답게 수식하여 보는 사람들로 하여금 읽고 보기에 더욱 재미있게 하였느니라.

이 책이 전해 내려온 지가 오랜 고로 원문은 없어졌으나 그 원문의 뜻을 가지고 번역한 격식은 여러 모양이니, 어떤 때에는 시체(詩體)[3]로 번역도 하고 길게도 번역하고 짧게도

---

1 우언: 인격화한 동식물이나 기타 사물을 주인공으로 하여 그들의 행동 속에 풍자와 교훈의 뜻을 나타내는 이야기.
2 속전: 민간에 전하여 내려오는 것.
3 시체(詩體): 시를 짓는 격식. 또는 시의 체재.

번역하여 다 우언의 원문과 같이 되느니라.

　이 책을 여러 나라 말로 번역하였는데, 이제 조선 국문으로 번역할새, 여러 책 중에서 제일 좋은 본을 택하여 번역한 고로 이 책 중에 요긴한 대목은 다 번역이 된지라. 이 책은 우언뿐이나 그러나 좋은 이치를 가르칠 때에 요긴하게 참고하기를 간절히 바라노라.

평양부 신양리 배위량 자서

우언 목록(寓言 目錄)

41. 나귀와 개구리
42. 유모와 이리
43. 고양이와 명매기(鷂의 類)
44. 수탉과 여우
45. 말과 말 탄 사람
46. 여우와 황새
47. 개와 수탉과 여우
48. 파리와 나비
49. 아이의 목욕
50. 아라비아 사람과 약대
51. 꼬리 잃어버린 여우
52. 아이들과 개구리들
53. 제비와 다른 새들
54. 농부와 뱀
55. 까마귀와 백로
56. 새들과 짐승들과 박쥐
57. 촌 쥐와 성 안 쥐
58. 수탉과 보석
59. 늙은 사냥개
60. 허영심(虛榮心) 있는
    까마귀
61. 당나귀와 작은 개
62. 외눈 가진 암사슴
63. 약대
64. 이리와 집안 개
65. 상수리나무와 갈대
66. 개와 토끼
67. 매와 독수리와 비둘기
68. 군마(軍馬)와 노새
69. 바람과 태양
70. 토끼와 거북
71. 곰과 두 여행객
72. 두 마리 염소
73. 황소와 송아지
74. 사슴 새끼와 그 어미
75. 노새와 그 그림자
76. 소경과 절뚝발이
77. 두 가마솥
78. 용렬한 의사 개구리
79. 양의 가죽 쓴 이리
80. 아이와 개암(榛實)
81. 수전노(守錢奴)
82. 과부와 그 작은 여종들
83. 숯 굽는 자와 빨래하는 자
84. 고슴도치와 뱀
85. 한데 묶은 막대기
86. 여우와 까마귀
87. 악한 희롱하는 개
88. 개와 석화(石花)
89. 여우와 표범

우언자(寓言者)의 조상 이솝의 사적이라

이솝의 역사는 그리스의 유명한 시인(詩人) 호머와 같이 분명한 유전(遺傳)이 없는데, 리디아의 수도 사르디스 성과 사모스라고 칭하는 그리스의 한 섬과 트라키아에 있는 옛 식민지(植民地) 메셈브리아와 또 프리기아의 감영 코티아이움과 이 여러 섬 중에 어느 섬에서 출생하였다고 하는 의논이 분분하여 분명히 작정할 수는 없으나, 여러 명사의 연구를 참작하여 그가 출생할 때와 사망에 관계된 일은 알게 되었느니라.

일반이 생각하는 바 이솝이 주전[1] 620년에 출생하였으며, 또한 종으로 출생하여 두 상전을 섬겼으니, 이름은 엑스사모스와 산토스라. 이 두 사람은 다 사모스 섬에 사는 거주민이라. 산토스가 이솝의 박학하고 현명(賢明)함을 보고 그를 놓아 자유롭게 하였으니, 대개 그리스 상고(上古)의 정치 체

---

[1] 주전: 예수가 태어난 해를 원년으로 하는 서력기원을 기준으로 한 기원 원년 이전. = 기원전.

제의 자유민(自由民) 특권(特權) 중에 하나는 공공(公共) 사업을 위하여 활동하는 것을 허락함이다. 이솝이 자기를 비천한 종으로부터 일으켜 높은 명성(名聲)을 얻었느니라.

그는 가르치기도 하고 가르침을 받기 위하여 여러 나라로 여행하는 중에 마침내 사르디스 성에 이르렀으니, 이는 리디아의 유명한 임금 크로이소스의 수도이니, 그때에 크로이소스가 학문을 숭상하고 또 박학한 자들을 크게 대접하는 자라.

크로이소스의 조정에서 이솝이 솔론과 탈레스와 또 다른 철인(哲人)[2]들을 상종하였고, 또 이 철학자들로 더불어 한 수작[3]이 그 임금을 이렇듯이 즐겁게 하므로 크로이소스 왕이 그를 칭찬하여 철인 중에 말을 제일 잘하는 자라고 하였느니라.

크로이소스 왕의 청함을 받아 거처를 사르디스 성에 정하고 나라의 여러 가지 재판하기 어려운 일을 하게 하였느니라. 그가 책임진 직무는 그리스의 작은 공화국들을 다니는

─────

2 철인(哲人): 철학에 조예가 깊은 사람. = 철학가.
3 수작: 서로 말을 주고 받음. 또는 그 말.

것이니, 한번은 고린도에 있었고, 또 다른 때는 아테네에 있어 그의 슬기 있는 우언으로 관과 민간 사이에 합치하기를 힘쓰더니, 크로이소스의 명령을 받아 이와 같은 일을 하던 차에 죽었으니, 그 원인은 그 임금의 보냄을 받들어 많은 금전을 가지고 델포이 성에 가서 그 시민(市民)에게 나누어 주고자 한즉, 그들이 많이 얻고자 하여 탐심으로 구하는 것을 성내어 금전을 나누어주지 않고 도로 임금에게 돌려보내니, 델포이 성 백성들이 이 일을 성내어 그가 신을 공경치 않는다고 허물하고, 그를 신령한 공사의 사명을 범하여 나라에 범죄한 자라 하여 죽였느니라. 그러나 이 유명한 이언자(理言者)의 이름은 썩지 아니하였으니, 대개 그리스의 유명한 조각사(彫刻師) 중에 하나인 리스푸스가 새긴 그의 기념(紀念) 조각이 아테네에 있었으니, 이솝의 출생과 행적과 사망에 관계된 역사가 이 몇 가지밖에 없느니라.

1과

여우와 사자

한 날은 작은 여우가 장난을 할 때에 사자가 고함을 하며 오는지라. 여우가 무서워서 수풀에 숨으면서 말하기를,

"아이고, 큰 변이 났다! 나는 사자를 본 적이 도무지 없었으니 이 짐승은 참으로 두려운지라. 그 소리만 들어도 몸이 떨리는도다."

그 후에 두 번째 사자를 만날 때에는 전과 같이 두려워하지 아니하고 위태하지 않을 만큼 멀리 서서 스스로 말하기를,

"그 사자는 이러한 소리를 하지 아니하기를 원하노라."

그 후에 세 번째 사자를 만나매, 여우는 조금도 무서워하는 것이 없이 사자에게 달려가서 말하기를,

"그대는 무엇을 위하여 이처럼 고함을 하느뇨?"

하니, 사자는 불의에 놀라서 아무 대답도 못하고 여우가 가는 대로 버려두니라.

이 작은 여우의 모본[4]을 받는 것이 여우들에게 항상 평안한 것이 아니나, 그러나 길 가운데서 우리가 두려움으로 사자를 만나는 것을 만일 우리가 용감함으로 만나면 위험이 없는 것은 참말이니라.

4　모본: 본보기가 되는 것.

2과
게와 그 어미

한 게가 그 새끼에게 말하기를,

"아이야! 네가 어찌 이처럼 보기 사납게 기느냐? 만일 좋은 모양을 내고자 할진대 그처럼 옆으로 기지 말고 앞으로 바로 기어라."

한데, 그 새끼가 말하기를,

"제가 좋은 모양을 내기를 원하오니, 어머니는 청컨대 나를 위하여 바로 기는 것을 가르쳐주소서."

하니, 그 어미 게가 말하기를,

"이렇게 하라."

하고, 오른쪽으로 기어가다가,

"아니라. 이렇게 하라."

하며 왼쪽으로 기어가는지라. 새끼 게가 웃고 말하기를,

"어머니께서 친히 기는 것을 배운 후에야 나를 가르칠 수 있겠네요."

하고 나가더라.

3과
여우와 산포도

여우와 포도(3과 그림)

어느 찌는 듯이 더운 날, 한 여우가 굶주림과 목마름으로 거의 죽게 된지라. 그 여우가 스스로 말하기를,

"무엇이든지 있으면 반가이 받겠다."

고 할 때에 머리 위에 익은 검은 포도가 넝쿨에 주렁주렁 달린 것을 보았는지라.

'아이고, 어찌 좋은지! 만일 저렇게 높지 아니하면 좋을 것인데, 이 포도를 얻을는지 알지 못하거니와 나는 이것으로 내 원기를 도울 것으로 생각하노라.'

하고, 공중으로 뛰어오르는 것은 여우에게 대단히 어려운 일이나 높이 뛰어 거의 낮은 곳에 있는 송이까지 닿을 뻔하였으매 말하기를,

"이 다음에는 더 뛰어 보리라."

하여, 시험하고 다시 시험하였으나, 처음 뛴 것만큼 뛰지 못하고 기력이 점점 쇠진하였으나, 그러나 포도는 얻지 못하였는지라. 나중에 여우가 말하기를,

"포도는 맛이 시어 내가 먹기에 합당하지 못하니, 이것을 욕심 많은 새에게 맡겨 먹게 하리니, 그들은 아무것이라도 먹느니라."

하더라.

4과

이리와 학

어느 날 한 이리가 점심을 너무 급히 먹다가 뼈 하나가 그 목에 걸린지라. 대단히 고통스러워 뼈를 빼고자 하였으나 빼지 못하였더니, 마침 그때에 한 학이 지나가는 것을 보고 말하기를,

"사랑하는 친구여! 내 목에 뼈가 걸렸으니 당신은 긴 목이 있으매 내 목에 걸린 뼈를 빼어 줄 수 없느뇨? 그리 하면 장차 후하게 보답하리라."

한데, 학이 말하기를,

"내가 시험하여 보리라."

하고, 그 머리를 이리의 날카로운 이빨 사이로 넣어 그 뼈를 꺼내어 주니, 이리가 말하기를,

"뼈를 꺼내었으니 대단히 고맙소이다. 이후부터는 매우 조심하겠노라."

하더라.

학이 말하기를,

"당신이 나와 약조한 대로 처분하여 무엇을 주면 내가 곧 가겠나이다."

하니, 이리가 소리 질러 가로되,

"값이라니? 너는 내게 감사할 것뿐이라. 네 머리가 내 입에 들어왔을 때에 내가 물어 먹지 아니 한 것을 만족하게 여겨라."

하였더라.

유화하고[5] 친절한 자가 어떤 때에 그 인자한 것을 삼가 쓰기를 배울지니라.

---

5   유화하다: 성품이 부드럽고 온화하다.

5과
개미와 귀뚜라미

개미와 귀뚜라미가 큰 들에 사는데 개미는 겨울에 먹을 것을 저축하기 위하여 많은 곡물(穀物)을 모으느라고 종일 분주히 거동하더라. 희락[6]으로 다만 놀기를 좋아하는 이웃에 사는 귀뚜라미는 마침내 개미를 마음에 담아두지 아니하더니, 서리가 오는 때를 당하여 개미가 일하는 것과 귀뚜라미가 노래하고 즐겨 하는 것이 그치게 되었는지라.

어떤 맑은 겨울날에 개미가 곡물을 말리기 위하여 햇볕에 펴 놓을 때에 다만 굶주려 죽게 된 귀뚜라미가 우연히 지나다가 말하기를,

"나의 사랑하는 이웃 친구여! 오늘 평안하옵나이까? 당신은 내게 음식을 좀 빌려주지 아니 하겠나이까? 내가 어떻게 하든지 내년 이때 갚으리다."

그 중에 한 늙은 개미가 말하기를,

---

6 희락: 기쁨과 즐거움. 또는 기뻐함과 즐거워함.

34

"지금 당신이 먹을 것이 없다 하심은 무슨 일이오니까? 여름 동안 우리가 같이 사는 들에는 먹을 것이 많이 있었고, 당신도 매우 부지런한 것처럼 보았는데, 그 때에 무엇을 하였기에 지금 먹을 것이 없다 하나이까?"

귀뚜라미가 굶주림을 잊고 대답하기를,

"나는 종일토록 노래하고, 또한 밤새도록 노래하였나이다."

하니, 개미가 귀뚜라미의 말을 막으며 말하기를,

"그러면 당신을 위하여 우리 가족의 먹을 것을 빼앗지 못하리라. 당신은 여름 동안에 그렇게 즐거워하였은즉, 겨울에는 곤궁함이 마땅하다."

하고, 자기의 일을 하면서 전에 하던 노래를 노래하여 가로되,

"우리 개미는 도무지 빌리지도 아니하고 남에게 취하지도 아니한다."

하더라.

6과
사자의 가죽을 쓴 나귀

　한 나귀가 하루는 어떤 사냥꾼이 말리려고 뒤집어 펴 놓은 사자 가죽을 썼으나 잘 맞지 아니한지라. 그러나 써 본즉, 겁이 많고 어리석은 짐승을 만나면 놀라게 할 수 있는 줄은 알게 되었으매, 재미를 보기 위하여 여러 짐승을 찾아다니다가 한 여우를 만나 그를 두렵게 하려고 사자의 소리를 하려고 하였더니. 그 영리한 여우가 말하기를,

　"사랑하는 나귀여! 그대는 나귀의 소리를 하고 사자의 소리가 아니라. 그대가 만일 울기를 시험하지 아니하였더라면 그대의 모양을 보고 혹 두려워하였을 뻔하였으되, 그러나 내가 그대의 소리를 잘 아니 사자로 그릇 생각지 아니하리라."

하더라.

7과
쥐의 공회(公會)

어느 집 담에 깃들여있는 생쥐들이 하루 밤에는 모여 악한 고양이를 제거할 방법을 의논할새, 으뜸 쥐는 갈색등(褐色背)[7], 위모귀(葦毛耳)[8], 백협수(白頰鬚)[9] 세 마리라. 갈색등이 말하기를,

"이 집에 사는 것은 안락하지 않으니, 내가 만일 떡 부스러기를 주우려고 음식이 있는 방에 들어가기만 하여도 고양이가 나를 잡으려고 내려오니 내가 겨우 집으로 다시 돌아올 겨를이 없을 뻔하였다."

하니, 위모귀가 말하기를,

"어떻게 하자느냐? 우리가 다 갑자기 고양이에게 달려들어 물고 위협하여 쫓아 보내자느냐?"

백협수가 말하기를,

---

7 갈색등(褐色背): 등이 갈색인 쥐.
8 위모귀(葦毛耳): 회색의 귀를 가진 쥐.
9 백협수(白頰鬚): 흰 수염이 있는 쥐.

"아니라, 아니라. 그는 크게 담대하니 우리가 위협하지 못하리라. 나는 그보다 좀 나은 방책이 있으니 곧 고양이 목에 방울을 다는 것이라. 그러면 그가 움직일 때에 방울이 울릴 것이니, 우리가 그 소리를 듣고 도망할 겨를이 있으리라."

모든 쥐가 다 부르짖어 말하기를,

"아이고! 참말, 참말! 이것이 제일 생각이로다. 우리가 고양이에게 방울을 달자. 만세! 만세! 고양이 걱정은 다시 없다."

하고, 다 즐거워 뛰놀더라.

그들의 즐거워함이 조금 잠잠한 때에 갈색등이 묻기를,

"누가 고양이 목에 방울을 달겠느냐?"

하니, 하나도 대답하지 아니하는지라. 이에 백협수에게 묻기를,

"그대가 하겠느냐?"

하니, 대답하기를,

"나는 할 수 없을 줄로 생각하느니, 내가 절뚝발이인 줄을 여러분이 다 아는도다. 누구든지 동작이 민첩한 자가 필요하리라."

한데, 갈색등이 위모귀에게 묻기를,

"그대가 할 수 있느냐?"

하니, 위모귀가 대답하기를,

"나는 용서하여 주시오. 나는 덫에 좀 끼였다가 나온 후로부터는 평안치 못하다."

하는지라. 갈색등이 말하기를,

"누가 고양이에게 방울을 달겠느냐? 만일 이 일을 하려면 마땅히 이것을 할 자가 있어야 되리라."

한데, 모두가 다 잠잠하여 그 작은 쥐들이 하나씩 하나씩 제 구멍으로 도망하여 가니, 그들은 전보다 더 나은 것이 없더라.

괴로운 일이 있을 때에는 상의하는 자도 있을 뿐더러 일을 행할 자도 있어야 되느니라.

8과
염소 새끼와 이리

한 염소 새끼가 어느 날 밤에 혼자 어디를 갔다가 돌아오는 길 가운데 한 큰 이리를 만나 말하기를,

"아하! 그대가 나를 잡아 먹을 줄 아노라. 그러나 청컨대 그대가 한 곡조를 노래하면 나는 죽기 전에 한번 더 춤을 출 것이니, 대개 나는 춤추기를 좋아하노라."

하니, 이리가 말하기를,

"매우 좋다! 내 생각에도 내가 너를 잡아먹기 전에 네 춤추는 거동을 좀 보면 좋겠다."

하고, 가까이 있는 목동의 피리를 가져다가 불기를 시작하니, 부는 동안에 염소 새끼도 아름답게 춤추더니, 개가 소리를 듣고 쫓아올라 와서 이리를 잡을 때에 이리가 말하기를,

"이는 나의 탓이로다. 나의 할 일은 염소 새끼를 잡아먹는 것이요, 피리를 불어 저로 하여금 춤추게 할 것은 아니라. 나는 도살자(屠殺者)에 지나지 못하는데 어찌하여 피리 부는 자가 되기를 시험하였던고?"

염소 새끼가 말하기를,

"그대는 피리도 잘 불지 못하는 자라."

하였더라.

9과
매와 꾀꼬리

한 꾀꼬리가 상수리나무 위에 앉아 저녁 노래를 하다가 굶주린 매에게 보였으니, 매가 날아와서 그를 움켜쥐었는지라. 놀란 꾀꼬리가 매에게 애걸하여 가로되,

"나를 놓아주시오. 만일 당신이 굶주리시면 어찌 큰 새를 잡지 아니하였나이까? 나는 작아서 한 끼 점심으로도 넉넉지 못하오리다."

한즉, 매가 대답하기를,

"너는 큰 새가 많이 날아가는 것을 보았느냐? 나는 오늘 너만 보았으니 보지 못한 큰 새를 잡기 위하여 너를 놓아보내는 것은 어리석은 일이 아니냐? 한 조각을 먹는 것도 온전히 없는 것보다 나으니라."

하더라.

10과
까마귀와 작은 물병

까마귀와 작은 물병(10과 그림)

한 목 마른 까마귀가 어느 곳에서 한 물병을 찾았는데, 그 병에 혹 물이 있는가 보기 위하여 그 위에 앉아 들여다 본즉, 물은 있으나 오히려 병 입구에서 물이 멀어 할 수 있는 대로 여러 번 목을 늘여 병 입구에 넣어 보았으나 물에 미치지 못하는지라. 스스로 생각하기를,

‘무슨 방책이 있어야 되겠다.’

하더니, 마침 작은 조약돌들이 땅 위에 있는 것을 보고 주둥이로 그 돌들을 물어다가 하나씩 둘씩 그 병에 넣었더라. 돌이 병 밑에 잠기매 물이 차차 병 입구까지 올라오니 까마귀가 쉽게 물을 얻어먹었느니라. 까마귀가 말하기를,

 “하고자 하는 마음이 있으면 방책이 있다.”

하였느니라.

11과
이리와 작은 양

이리와 작은 양(11과 그림)

어느 날 이리와 양 새끼가 우연히 같은 때에 산 사이로 흐르는 작은 시내에 물을 마시러 왔는지라. 이리는 양 새끼를 잡아먹고자 하는 마음이 대단하였으나 얼굴을 상대하고 있으므로 어떻게 잡아먹을까 하고 한 계교를 생각하였더라. 이러므로 이리는 다투기를 시작하여 말을 불순하게 하여

가로되,

"네가 어찌 감히 나의 시내에 와서 물을 흥청거려 흐리게 하여 내가 마시지 못하게 하니 이는 무슨 의사냐?"

한즉, 양 새끼가 대단히 두려워하여 가만히 말하기를,

"내가 물을 흐렸다고 하시니, 이는 무슨 말씀인지 알지 못하겠나이다. 당신이 시내 위에 섰으니 물이 당신께로부터 내게로 흐르고 내게로부터 당신께로 흐르지 아니하나이다."

하니, 이리가 으르렁 거리며 말하기를,

"그것은 그러하지마는 너는 일향[10] 악한 놈이니, 대개 작년에 네가 나의 허물을 뒷공론하였느니라."

불쌍한 양 새끼가 말하기를,

"사랑하는 이리여! 그런 일이 없을 것은 대개 일년 전에 내가 세상에 나지 못하였노라."

하니, 이 지경에 이리가 다시 더 의논할 필요가 없는 줄 알고 이빨을 내어 보이면서 으르렁 거리기를 시작하며 작은 양에게 가까이 달려들어 말하기를,

---

10 일향: 언제나 한결같이.

"너는 악하고 작은 놈이라. 만일 네가 아니하였더라도 네 아비가 한 것이나 마찬가지라."

하고, 불쌍한 작은 양을 잡아먹었느니라.

12과
개미와 비둘기

　하루는 한 개미가 강가로 기어가면서 스스로 말하기를,
"이 강물이 보기에 어찌 달고 시원할는지 내가 이것을
조금 마셔야 되겠다."
하고, 마시기를 시작한즉, 발이 미끄러져서 강에 떨어져 들
어갔는지라.
　"오호라! 청컨대, 누가 나를 도와주기를 바라노라. 그렇
지 아니한즉 나는 죽고 말겠다."
하더니, 강 위에 늘어진 나뭇가지에 앉은 비둘기가 그 소리
를 듣고 즉시 나뭇잎사귀 하나를 그에게 던지며 말하기를,
　"저 잎사귀에 기어오르라. 그대가 흘러가다가 어느 언덕
에 붙을 수 있느니라."
하니, 개미가 그 잎사귀에 기어오르매, 바람이 불어 언덕에
붙어 다시 육지에 올라간지라. 개미가 집으로 돌아갈 때에
말하기를,
　"인자한 비둘기여! 평안히 가시오. 그대가 내 생명을 구

원하였으니, 내가 그대를 위하여 보은하기를 힘쓰노라."

비둘기가 대답하기를,

"평안히 가시오. 이후에는 조심하여 다시 물에 빠지지 마시오."

이 일이 있은 지 며칠 후에 그 비둘기가 깃들이기를 위하여 분주할 때, 한 사람이 비둘기를 쏘고자 하여 그 총을 드는 것을 개미가 보고 빨리 달려가서 사람의 종아리를 몹시 무니, 그 사람이 애고 애고 하면서 그 총을 떨어뜨리는지라. 비둘기는 그 소리에 놀라서 즉시 날아 도망하니, 그 사람이 자기 총을 주워 가지고 돌아갔더라. 그 사람이 간 후에 비둘기가 자기 깃[11]으로 돌아와 개미에게 말하기를,

"감사하외다. 작은 친구여! 그대가 나의 생명을 구원하였나이다."

하더라.

그 작은 개미가 즐거워하는 것은 비둘기에게서 받은 은혜대로 비둘기에게 갚음이러라.

---

11 깃: 짚이나 마른 나뭇가지, 마른풀 따위로 만든 새의 집.

13과
황소와 개구리

　한 황소가 어느 못가에서 물을 마실 적에 뜻밖에 개구리 새끼를 밟아 죽였는지라. 가까이에서 놀던 개구리의 남녀 동생들이 급히 가서 제 어미에게 그 일을 고한지라.

　그들이 부르짖기를,

　"어머니여! 한 매우 큰 네 발 가진 어떤 짐승이 못에 와서 그 굳은 쪽 발로 우리 동생을 밟아 순식간에 죽였나이다."

　어미 개구리는 늙고 자만한 자요, 개구리로는 큰 자니라. 그런 고로 호기롭게 지내는 자인데, 그가 묻기를,

　"저 악한 짐승이 매우 커? 얼마나 크더냐?"

　그 새끼 개구리가 말하기를,

　"네, 네. 참 두려운 괴물이더라."

한데, 늙은 개구리가 자기의 배를 퉁퉁 불려 보이며 말하기를,

　"이만큼 크더냐?"

　새끼 개구리가 말하기를,

"더욱 크더이다."

어미 개구리는 온전히 힘을 다하여 자기 배를 불리며 말하기를,

"그러면 이만큼 크더냐?"

대답하기를,

"그보다 매우 더 크더이다."

"그러면 얼마나 크더냐?"

그들이 부르짖기를,

"모친님! 그만큼 크게 되기를 시험하지 마옵소서. 만일 모친님 배가 터지도록 크게 할지라도 우리가 말한 그 짐승의 절반만큼도 크지 못하겠나이다."

그러나 그 미련한 늙은 개구리는 그치지 아니하고 다시 자기 배를 불리며 말하기를,

"이만큼?"

하다가 그 배가 터지고 말았더라.

믿지 못할 일은 시험하는 것이 쓸데없느니라.

14과
박쥐와 족제비

어느 날 한 박쥐가 날기를 시험하다가 땅에 떨어진즉, 한 족제비가 잡았는지라. 그 박쥐가 족제비에게 애걸하기를,

"나를 살려 주시오!"

하니, 족제비가 말하기를,

"나는 새처럼 미워하는 것이 없으니 만나는 대로 죽이노라."

한데, 박쥐는 날개를 거두면서 말하기를,

"나는 새가 아니라. 새는 나와 같이 땅에 떨어지지 아니하나이다. 그뿐만 아니라 그대가 먼저 나의 매끄러운 머리와 귀를 보지 못하나이까?"

하니, 족제비가 대답하기를,

"옳다! 내가 처음 너를 잘못 보았으되, 지금 보니 너는 쥐라."

하고, 박쥐를 놓아 보내었느니라.

얼마 후에 또 날기를 시작하다가 땅에 떨어져 다른 족제

비에게 잡힌지라. 또한 살려주기를 애걸하니, 그 족제비가 말하기를,

"나는 쥐를 만나는 대로 죽이노라."

하니, 박쥐가 날개를 펴면서 말하기를,

"잠깐 계시오. 나는 생쥐가 아니외다. 그대가 지금 나의 큰 날개를 보지 못하나이까? 쥐는 나와 같이 날지 못하나이다."

한즉, 족제비가 말하기를,

"나는 네가 새인 줄을 알지 못하였더니 지금 본즉 쥐가 아니요, 새라. 내가 실수하였으니 허물치 말라."

하고 놓아 보내었는지라. 그러므로 그 간사한 박쥐는 두 번째 도망하였는지라.

그러나 이와 같은 교묘한 속임수는 항상 쓰기가 위태하니라.

15과
여우와 염소

하루는 한 여우가 깊은 우물에 빠져 여러 방책으로 나오고자 하였으나 끝내 나갈 수 없이 거기서 죽을 줄 알고 탄식할 즈음에, 목 마른 염소가 와서 물을 먹으려고 우물 속을 내려다 보다가 여우가 그 안에 있는 것을 보고 말하기를,

"깊은 그곳에서 무엇을 하나이까? 거기 물맛이 좋습나이까?"

하니, 여우가 대답하기를,

"내가 물을 먹어 본 중에 이 물이 제일 좋사오니 차고 맑고 답니다. 내려와 친히 맛보시오."

한데, 염소가 대답하기를,

"내가 지금 목이 말라 죽을 지경이니 들어가 먹겠다."

하고, 뛰어 내려가 자기의 소원대로 많이 마시고 말하기를,

"과연 시원하외다!"

하니, 여우가 말하기를,

"그러하외다. 지금 그대가 물 마시기를 끝마쳤으니 우물에서 어떻게 다시 나가려 하나이까?"

염소가 대답하기를,

"참 알 수 없습니다. 그대는 어떻게 나가려 하나이까?"

여우가 대답하기를,

"나는 이 일을 한 시간 전부터 생각하였는데 지금은 좋은 방책을 얻었으니, 그대가 두 앞발을 우물 벽에 붙이고 엎드리면 나는 그대의 허리를 짚고 나가서 그대를 도와 나가게 할 수 있다."

하니, 염소는 어리석은 짐승이라 말하기를,

"매우 좋소이다. 참 좋은 방책이오. 나도 그대의 지혜 같은 지혜 얻기를 원하노라."

하고, 두 발을 우물 벽에 붙이고 엎드리니, 여우가 그 등을 짚고 나가서 달아나려 하는지라. 염소가 말하기를,

"잠깐 계시오. 나를 도와 나가게 하시기를 잊어버렸나이까?"

하니, 여우가 비웃으며 가로되,

"어리석은 자야! 우물에 내려가기 전에 어떻게 나갈 것인가 마땅히 생각할 것이라. 그대는 짐짓 내려갔으나 나

는 실수하여 빠졌노라. 이후에는 내려가기 전에 먼저 조심하라."

하고 달아나니라.

16과
여인과 그 암탉

한 여인이 암탉 한 마리를 기르는데, 날마다 알 하나씩 낳으니 그 알이 크므로 많은 값을 받는지라. 그 여인이 알을 가지고 저자[12]에 갈 때마다 생각하기를,

'저희가 나의 계란을 어찌 즐겨하는지 이것보다 갑절이 있어도 잘 팔 수 있겠다.'

한지라.

날마다 한 알씩 얻는 것을 적은 것으로 여기고 혼자 말하기를,

"만일 내가 보리 모이를 지금보다 두 배를 더 주면 암탉은 매일 두 개 알을 낳으리라."

하고, 닭의 모이를 갑절로 주매, 그 닭이 매우 살찌고 또 기름져서 알 낳기를 그쳤더라.

---

12 저자: '시장'을 예스럽게 이르는 말.

17과
소 구유 안의 개

　한 조는 개가 마굿간에 가서 마른 풀 담은 소구유 위에 올라가 몸을 구부리고 낮잠을 얼마 동안 잘 잔 후인데, 소가 저녁 꼴을 먹으려고 마굿간에 들어왔는지라. 개가 깨어나서 화를 내어 소를 보고 짖으며 소로 하여금 꼴을 먹지 못하게 하니, 그 황소가 가로되,

　"잠깐 있으라. 그대가 이 꼴을 먹고자 하느냐?"

하니, 개가 가로되,

　"아니라. 나는 이와 같은 것은 먹지 아니하노라."

　소가 말하기를,

　"그러면 좋다. 나는 지금 피곤하고 배고프니 이것을 먹고자 하노라."

하니, 개가 말하기를,

　"너는 저리 가고 나로 하여금 자게 하여라."

하니, 소가 말하기를,

　"이 밉고 사나운 놈아! 너도 아니 먹고 나도 못 먹게 하니

이것이 무슨 의도냐?"

하였더라.

18과

쥐와 개구리와 매

한 육지에 사는 쥐와 물 가운데 사는 개구리가 친구가 되었더니, 하루는 그 쥐가 개구리에게 자기의 것과 그 보기에 재미있는 것을 보였는지라. 개구리는 물속에 있는 아름다운 것을 보이기 위하여 쥐를 청할새, 쥐에게 묻기를,

"그대가 헤엄을 칠 줄 아나이까?"

쥐가 대답하기를,

"잘 하지는 못하나이다."

개구리가 대답하기를,

"조금도 염려 마시오. 힘 있는 풀로 그대의 발을 나의 발에 매면 내가 그대를 잘 끌 수 있나이다."

하고, 이 말을 하면서 웃었으니, 이것이 매우 우스운 줄로 스스로 생각하였으나, 쥐는 이를 즐겨 아니 할 줄 알았느니라.

개구리와 쥐가 각각 두 다리를 함께 얽어매고 함께 떠나 풀밭을 지나가더니 얼마 안 가서 물가에 이르러 개구리가 먼저 물에 뛰어들어가서 쥐를 잡아당기며 말하기를,

"얼마나 시원하오? 물 없는 육지보다 대단히 시원하외다."

하나, 그 불쌍한 쥐는 매우 무서워하여 말하기를,

"내가 죽겠으니 나를 놓아 달라."

한데, 그 무정한 개구리는 말하기를,

"조금도 염려하지 마시오. 그대도 물에 단련하시오. 나는 물을 대단히 좋아하나이다."

잠깐 동안에 그 불쌍한 쥐는 물을 먹고 죽어 수면에 떠오르니, 그때에 개구리는 물속에서 허우적거리더니, 곧 이때 마침 한 매가 공중으로부터 내려와 그 쥐를 움켜 가지고 가매, 함께 매였던 개구리도 달려 나왔으니, 이는 아직까지 그 죽은 쥐와 함께 매인 대로 있음이라.

개구리가 매에게 간청하기를,

"나를 놓아주시오. 당신은 쥐를 원함이라."

한데, 매가 대답하기를,

"이리 오너라. 내가 너희 둘을 다 먹고자 한다. 그런 중에 너부터 먼저 먹을 것이니, 대개 내가 네 고기를 쥐고기보다 더 좋아함이라."

하고, 잠깐 후에 매가 저녁을 잘 먹었으니 무정한 개구리와 미련한 쥐는 조금도 남지 아니하였더라.

19과
목동과 이리

한 사람이 양을 많이 기르는데, 양을 다 들로 놓아 보내고 아이를 삯 주어 지키게 하고 자기는 일꾼과 같이 가까운 데서 일하더라. 양은 종일토록 산으로 오르락 내리락 하며 또한 개천 곁에서 있더라. 그 아이의 할 일은 이리가 양을 잡으려고 양에게 살살 더듬어 들어오지 않도록 보는 것뿐이라. 잠깐 후에 그 아이는 무슨 일이나 있으면 좋겠다고 원하였으니, 이는 이야기하는 사람도 아무도 없고 아무런 하는 일도 없이 다만 홀로 있기가 대단히 심심하였기 때문이라. 아이는 가까운 들에 있는 사람들과 같이 있든지 혹 그들이 와서 함께 있기를 원하더니, 문득 생각하기를,

'내가 저희로 하여금 이리가 온 줄로 알게 하리니, 그것은 크게 웃을 일이라.'

하고, 소리를 힘껏 질러 불러 가로되,

"도와 줘, 도와 줘! 이리야, 이리야!"

하니, 일하던 사람들이 달려온지라. 그들이 이것이 희롱한

것인 줄 알고 웃고 돌아가서 일하더라. 이튿날 아이는 그 실없는 희롱을 전과 같이 다시 하니, 그 밭에 있던 사람들은 위험한 일이 있는가 생각하고 괭이와 삽을 버리고 아이를 도우려고 달려왔지만, 아이는 그들이 수고한 것을 웃을 뿐이라 이번에는 그들이 이 희롱을 좋아하지 아니하더라. 그러나 아이는 희롱을 그치지 아니하고, 또 한 번은,

"이리요, 이리요!"

부르짖으며, 얼마만큼 크고 길게 불러도 사람들은 돌아보지도 아니하더니, 마침내 참으로 이리가 들어왔는지라. 그때에 아이는 무서워서 부르고 또 부르며,

"와서 도와주시오! 이리가 양을 죽이나이다. 이리야, 이리야!"

하되, 그 부르는 소리를 한 사람도 주의하지 않고 일만 한지라.

한 겁쟁이가 양의 무리를 지키고 있는 것뿐이니, 이리가 양을 남긴 것이 몇 마리가 못 되더라.

20과
어부와 작은 고기

　어부가 종일토록 수고하여 낚은 것이 없더니 생각하기를,
'한 번만 더 하여 보고 집으로 돌아가리라.'
하고, 그 낚싯줄을 강에 던졌다가 잠깐 동안에 지극히 작은
농어 하나를 낚은지라. 작은 고기가 물에서 나올 때에 날카
로운 낚시가 입에 꿰어있는 줄 알고 심히 놀라서 어부에게
말하였더라.

　"귀하여! 나를 불쌍히 여겨 다시 물에 놓아 주소서. 나는
매우 작은 자이오니 귀하의 한 입도 되지 못하겠나이다.
그러나 만일 나를 물에 놓아 주시면 내가 크고 살찐 때에
잡힐 것이오니, 그때에 나를 점심으로 하시든지 혹 비싼
값을 받으리이다."
한데, 어부가 말하기를,

　"네가 진실로 작다마는 내가 너를 의심없이 잡아 두었나
니, 만일 내가 너를 물에 놓아 보내면 너를 도무지 잡지
못할 듯하니, 너도 없는 것보다 나으니 너를 가져 가리라."

하고, 어부는 작은 고기를 다래끼[13]에 넣어 가지고 집으로
돌아왔느니라.

---

13 다래끼: 아가리가 좁고 바닥이 넓은 바구니. 대, 싸리, 칡덩굴 따위로 만든다.

21과
자고(鷓鴣)와 새 사냥꾼(鳥獵者)

한 새 사냥꾼이 자고새[14]를 잡아 죽이려 하니 자고새가 말하기를,

"잠깐 참으시고 나를 죽이지 마시오."

새 사냥꾼이 말하기를,

"왜 죽이지 말라느냐?"

하니, 자고새가 말하기를,

"나는 살기를 즐겨 하나이다. 이뿐 아니라 만일 당신이 나를 놓아 가게 하면 내가 나의 친구들과 이웃들 중에서 얼마를 이곳에 몰아 오리니 당신이 그들을 잡으시오. 그것은 한 불쌍한 작은 새 하나보다 나으리다."

하더라. 새 사냥꾼이 말하기를,

"그러면 너는 네 생명을 구원하기 위하여 네 친구와 이웃

---

14 자고새: 꿩과의 새. 메추라기와 비슷하며 날개는 누런빛을 띤 녹색이고 등, 배, 꽁무니는 누런 갈색이다. 목에서 눈에 걸쳐 까만 고리가 둘려 있으며, 부리와 다리는 붉다. 한국, 중국, 유럽 동부 등지에 분포한다.

을 살해하기를 즐겨 하느냐? 악한 자고새야. 너는 살기를
넉넉히 하였느니라."

하고 죽이니라.

22과

목 마른 비둘기

    매우 목이 마른 비둘기가 간판에 그린 물병을 보고, 이것이 무엇인가 보려고 지체하지 아니 하고 간판을 향하여 화닥닥 날다가 간판에 부딪쳐 몸을 심히 상한지라. 비둘기는 날개가 부러져 땅에 떨어져 사람에게 잡히매, 그 사람이 말하기를,

    "네 열심히 삼가는 마음을 지나치지 아니함이 가하다."
하였느니라.

23과
세 장사 사람

어떤 대도시가 원수에게 에워 싸인 바 되었는데, 그곳에 사는 사람들이 다 모여서 원수를 막을 방법을 의논하더니, 벽돌 장수는 방비함에 성공하기 위하여 벽돌이 제일이라고 하여 열심히 벽돌을 천거하고, 목수는 열심히 목재가 벽돌보다 나은 방비라고 제시하더라. 이 말을 들은 가죽 장수가 일어서서 말하기를,

"여러분이여! 나는 여러분의 의사와 같지 아니하니 저항력(抵抗力)에는 가죽에 싸서 가리는 것만 한 것이 없으니 목하(目下)[15]의 급한 일에는 가죽만큼 좋은 것이 있지 못하나이다."

하였더라.

모든 사람은 다 자기의 삶을 위하여 계교하느니라.

---

15 목하: 눈앞의 형편 아래.

24과
토끼와 개구리

한 깊고 무성하고 적적한 삼림 가운데 한 무리 토끼가 살았더라. 나뭇잎이 설렁 설렁 땅에 떨어지는 때나, 다람 쥐가 이 가지에서 저 가지로 뛰놀 즈음에나, 작은 나뭇가 지 하나를 꺾을 때나, 그 겁 많은 토끼들은 놀라서 벌벌 떠는지라.

하루는 큰 바람이 일어나 굉장한 소리로 나무 사이를 통 하여 가지를 전후로 흔들어 토끼들을 대단히 놀라게 하므 로 그들이 지금까지 서식(棲息)하던 삼림으로부터 죽을 힘 을 다하여 뛰어 달아나고자 한지라. 토끼들이,

"우리의 경우는 어찌 섭섭한지. 평안히 먹은 적도 없고 잘 때에도 항상 두려워하고 나무 그림자만 보아도 놀라고 나뭇잎이 떨어지는 소리만 들어도 가슴이 뛰노니 죽는 것 이 더욱 낫지 아니한가? 저 건너편에 있는 못에 우리 몸을 던지자."

하고, 그들이 못으로 올 때에 우연히 수십 마리의 개구리가

언덕에서 놀고 있더니, 토끼의 발자취 소리를 듣고 물로 뛰어들어 가는지라. 겁이 많은 토끼는 그 철벙 철벙하는 소리에 놀랐으나, 그들이 개구리들이 못 밑에 잠긴 것을 볼 때에 한 지혜 있는 늙은 토끼가 말하기를,

"잠깐만 기다려 생각하자. 이곳에 우리보다 겁 많은 것이 있으니, 저희가 우리 같은 자라도 두려워하는도다. 보아라! 저희가 물속으로 들어가는 것은 우리를 두려워하는 까닭이라. 혹 우리 형편이 우리 생각하던 것 같이 악하지 아니하도다. 혹 우리의 미련한 것이 아무 위험이 없는데 놀라는 개구리의 미련함과 같은지라. 우리의 형편대로 견디고 또한 그 일에 담대하기를 시험하자."

하고, 다시 전에 있던 삼림으로 돌아갔더라.

25과
솔개와 살대

크게 탐욕 있는 솔개가 높은 바위 위에 깃을 들이고 거기 앉아 자기가 잡아 먹고자 하는 동물들의 동정을 엿보고 기회를 보아 그를 움키고자 하니, 가련한 동물들은 이러한 원수를 막을 수단이 없지만, 어느 날은 솔개가 전과 같이 저의 숨은 곳에서 주의하지 아니하고, 나가 노는 토끼의 거동을 엿보고 있는 것을 활 쏘는 자가 보고 솔개를 쏘아 죽을 정도로 상하게 한지라. 솔개는 자기의 가슴을 꿰인 살대[16]를 한번 보매, 그 살대의 깃은 자기가 먹을 것을 잡으러 내려갈 때에 떨어진 것인 줄 알았는지라. 솔개가 말하기를,

"오호라! 내 날개에서 떨어진 것을 붙인 살대에 내가 맞아 죽는 것이 거듭 슬픔이라."

하였느니라.

---

16 살대: 화살의 몸을 이루는 대 = 화살대

26과

독수리와 여우

　하루는 어미 독수리가 새끼 독수리를 위하여 먹을 것을 얻으러 자기 깃에서 날아 나갔더라. 그가 먼 공중에서 빙빙 두루 돌아다니며 그 밝은 눈으로 지면을 내려다보더니, 조금 후에 한 작은 새끼 여우를 보았는데, 그 어미는 독수리와 같은 모양으로 먹을 것을 구하러 나갈 때에 새끼 여우를 혼자 둔지라. 독수리는 날개를 울리며 날아 내려와서 그 발로 새끼 여우를 단단히 움켜쥐고 다시 공중으로 날아갔는지라. 가련한 어미 여우는 곧 이때에 집으로 돌아오니, 독수리가 자기 새끼를 가져간 것을 본지라. 어미 여우가 부르짖기를,

　"여보! 나의 작은 놈은 두고 가시오. 그대의 새끼를 생각하라. 만일 그 중에 하나라도 잃어버리면 그대의 슬픔이 어떠하겠느뇨? 오호라! 나의 불쌍한 새끼를 도로 주시오." 한데, 그러나 잔인한 독수리는 생각하기를,

　'소나무의 높은 데 있는 자기의 깃에 여우가 도무지 닿지

못하리라.'

하고, 새끼 여우를 가지고 날아가니, 불쌍한 어미 여우가 부르짖는 것을 버려두니라. 그러나 어미 여우는 오래 부르짖지 아니하고 들에 불 붙는 데 가서 불 붙는 나뭇가지 하나를 가져다가 그 입에 물고 독수리가 깃들인 소나무로 달려왔더라. 독수리가 여우 오는 것을 보니 그 여우가 머지않아 소나무에 불을 놓아 제 새끼가 타서 죽을 줄을 안 지라. 그런 고로 제 새끼를 구하기 위하여 여우에게 불을 놓지 말라고 간구하고[17] 새끼 여우를 평안히 돌려 보내니라.

17 간구하다: 간절히 바라다.

27과

북과 꽃병

하루는 북이 향기로운 꽃병을 대하여 자랑을 하였으니,

"나를 들어주시오! 나의 소리는 크고 웅장하며 또 먼 곳까지 들리나니라. 나는 사람의 마음을 고동시키므로 사람들이 나의 호기로운 소리를 듣고 용감하게 전장에 나아가느니라."

꽃병은 말하지 아니하되, 청청하고 좋은 향기를 내보내어 공중에 가득하게 채워 다음 같이 말하는 것 같은지라.

"나는 말하기에 능하지도 못하고 또한 교만하기가 합당치 못하되, 그러나 나는 좋은 것으로 가득히 채워 즐거움과 위로함이 내 속에 숨겨 있으니 사람들이 저의 고단함으로 내게 끌리며, 또 그 후에는 나를 감사히 여겨 기억하는지라. 오직 그대는 소리밖에 있는 것이 없으며, 또한 마땅히 누가 쳐야만 비로소 소리를 발하나니, 내가 만일 그대가 되었더라면 그처럼 자랑하지 아니하리라."

하더라.

28과
두 개구리

한때에 두 개구리가 있으니 가까운 친구라. 한 마리는 수풀 가운데 있는 깊은 못에 사는데, 그곳은 나무들이 물 위에 늘어졌으니 누가 와서 그를 방해하는 자가 없고, 또 다른 개구리는 작은 웅덩이에서 사는데, 이것은 개구리나 혹은 다른 것이라도 살기에 합당한 곳은 아니라. 대개 촌가의 길이 그 웅덩이를 통하여 지나고 또한 모든 말과 모든 마차가 이 길로 다니는 고로 수풀의 못과 같이 평안하지 못하며, 또한 말들이 그 물을 흐려 죽탕[18]이 되고 또 부정하게 하더라.

하루는 수풀 못에 있는 개구리가 동무 개구리에게 가서 말하기를,

"와서 나와 같이 살자. 나는 먹을 것과 물이 많으며, 나를 방해하는 자가 도무지 없으니 나의 못은 참으로 쾌락한 곳

---

18 죽탕: 땅이 질어서 뒤범벅이 된 곳. 또는 그런 상태.

이라. 이곳에는 식물도 많지 못하고 겸하여 길이 통하였으니, 그대는 항상 지나가는 자 때문에 두려울 것이라."

다른 개구리가 말하기를,

"감사하외다. 그대는 매우 자비한 자로다. 그러나 나는 이곳을 온전히 만족하게 아노라. 물도 넉넉하고 지나가는 자가 나를 도무지 두렵게 아니하고, 또한 먹을 것도 넉넉하니 그저께는 한 끼 점심을 잘 먹었는데, 내가 이곳에 익숙한 줄은 그대도 아는 바라. 내가 사는 곳을 바꾸기를 즐겨 하니 하노라. 그러나 할 수 있는 대로 자주 와서 나를 심방[19] 하시오"

하더라.

그 후에 수풀 못의 개구리가 친구를 심방하러 간즉 그를 보지 못 한지라. 웅덩이에 늘어진 나무에 사는 새가 말하기를,

"늦었다."

하니, 개구리가 말하기를,

"그 말이 무슨 뜻이뇨?"

---

19 심방: 방문하여 찾아봄.

새가 말하기를,

"죽고 없느니라. 이틀 전에 마차가 그 위로 지나가다가 눌러 죽였고, 또한 큰 매가 와서 움켜 갔느니라."

하니, 그 개구리가 섭섭히 돌아갈 때에 말하기를,

"오호라! 만일 나의 충고를 들었으면 저가 지금까지 완전하고 또 즐길 것을. 그러나 저가 제 고집대로 하매 내가 친구를 잃었도다."

하더라.

29과

개와 그 그림자

개와 그 그림자(29과 그림)

한때에 한 개가 낮에 먹기 위하여 한 덩이의 아름다운 고기를 가졌는데, 혹은 그 고기가 도적질한 것이라고도 하고, 혹은 도한[20]이가 그 개에게 준 것이라고 하니, 그 사실은 도한이에게 얻은 듯하니라.

---

20 도한: 소나 개, 돼지 따위를 잡는 일을 직업으로 하는 사람. = 백정.

개는 제 집에서 먹기를 제일 좋아하나니, 그런 고로 고기 덩이를 입에 물고 터덜 터덜 걸어 올새 왕후(王侯)와 같이 즐거워하더라.

오는 길 가운데 한 널판으로 다리 놓은 시내를 건너는지라. 그러나 물은 잔잔하고 맑고 맑으매 개는 서서 물을 내려다보고 있더니, 저와 꼭 같은 개 한 놈이 저를 쳐다보고 섰는데, 또한 그 개도 입에 고기를 물었더라. 그 개가 생각하기를,

'내가 저 고기 덩이를 빼앗으리라. 내가 문 고기와 저것과 둘 다 가졌으면 어찌 즐겁지 아니하랴?'

할 수 있는 대로 빨리 그 고기를 빼앗으려고 하여 그 입을 벌린즉, 자기 입에 물었던 고기가 떨어져 물속으로 들어갔는지라. 그때 다른 개도 물었던 고기덩이를 잃은 고로 초연(悄然)히[21] 제 집으로 돌아왔으니, 이는 그림자를 잡으려고 하다가 실물(實物)을 잃어버린 것이니라.

---

21 초연(悄然)하다: 의기(意氣)가 떨어져서 기운이 없다.

30과
사람과 그 아들과 당나귀

사람과 그의 아들과 나귀(30과 그림)

하루는 한 사람이 자기의 아들과 같이 장에 가서 당나귀를 팔기로 생각하고 아들과 당나귀를 몰고 촌 가운데의 길로 가더니, 촌의 몇 처녀 아이가 물 긷는 우물을 지나가는데, 처녀 중의 하나가 말하기를,

"저 미련한 사람들을 보라. 먼지 가운데로 터덜 터덜 걸어가고 그 나귀는 평안히 걸어가는도다."

이 사람이 그 처녀의 말을 듣고 자기 아들을 당나귀에 태우니라. 그들이 얼마 더 가지 못하여 몇 노인이 있는 곳에 이르니, 그 중의 한 노인이 다른 노인에게 말하기를,

"이것 보아라! 내 말이 참말이야. 오늘날에는 소년이 노인을 도무지 생각지 않아. 보라! 이 아이는 타고 가고 가련한 늙은 아버지는 그 곁에서 걸어간다."

하니, 그 사람이 이 말을 듣고 아들에게 말하여 당나귀에서 내리게 하고 자기가 올라탄지라. 조금 있다가 그들이 아이를 안은 세 여인을 만나니, 그 여인들이 말하기를,

"부끄러워라! 어떻게 이렇듯이 가련한 아이를 피곤하게 걸어가게 하고 자기는 왕후처럼 타고 가는고?"

하니, 그 사람이 자기 아들을 자기 뒤에 태우고 성 안으로 가고자 하다가 성에 이르기 전에 몇 청년들이 말하기를,

"그 나귀는 당신들의 것이오?"

그 사람이 말하기를,

"그러하오."

그들이 말하기를,

"그렇게 생각할 수 없소이다. 그렇게 무거운 짐을 실은 것을 보니 당신들이 나귀를 지고 가는 것이 나귀가 당신들

을 태우는 것보다 합당하여 보입니다."

하니, 그 사람과 아이가 나귀에서 내려 나귀 다리를 든든한 노끈으로 동여 몽둥이에 단단히 매고 각각 그 몽둥이의 한 끝을 잡아서 메고 갈새, 이를 본 사람들이 다 웃더라.

조금 후에 그들이 다리 위에 오자 그 나귀가 버르적거리니[22] 노끈이 끊어져서 물에 빠져 죽은지라. 그 늙은 사람과 그 아들이 빨리 자기 집으로 돌아올새, 스스로 생각하기를,

'우리가 모든 사람을 즐겁게 하려고 하되 한 사람도 즐겁게 하지 못하였다.'

하더라.

---

22 버르적거리다: 고통스러운 일이나 어려운 고비에서 벗어나려고 팔다리를 내저으며 큰 몸을 자꾸 움직이다.

31과
쥐와 고양이와 수탉

　세상을 많이 보지 못한 생쥐가 하루는 집에 돌아와 말하기를,

　"어머니, 나는 매우 무서워한 일이 있었나이다. 어떤 큰 새가 두 발로 어정어정 걷는 것을 보았으나 무엇인지 알지 못하겠나이다. 그 머리에는 붉은 모자를 썼으며 그 눈은 사납게 나를 보고, 또 날카로운 주둥이가 있더이다. 문득 그가 긴 목을 빼어 그 주둥이를 대단히 크게 벌리고 크게 울음을 우니, 내 생각에 그가 나를 삼킬 듯하므로 나는 죽을 힘을 다하여 집으로 달아나 왔나이다. 내가 그를 만난 것을 섭섭히 알았으니, 대개 내가 이전에 저보다 크고 사랑스러운 동물 하나를 보고 그와 더불어 친하려고 한 것은, 저는 우리와 같은 보들보들한 털이 있되 조금 다른 것은 빛이 회색과 흰빛이라. 그의 눈은 유화하고 조는 듯하며 또 나를 보기를 순하게 하고, 또 그의 긴 꼬리를 좌우로 흔들거리더이다. 내 생각에 그가 내게 말을 하려고 하는 것 같았고,

또 내가 그에게 가까이 가려고 했더니, 오직 이 두려운 새가 울기를 시작하였으므로 나는 도망하였나이다."

그 어미 쥐가 말하기를,

"나의 사랑하는 자식아! 네가 도망한 것이 잘 하였다. 네가 말하는 그 사나운 것은 너를 아무 해침이 없으니 그는 해롭지 않은 수탉이요, 그러나 보들 보들한 털이 아름다운 자는 고양이라. 그는 너를 일 분 동안에 먹을 것이니, 대개 고양이는 이 세상에서 너의 가장 무서운 원수니라."

겉모양을 보는 것이 항상 믿을 만한 것이 아니니라.

32과

도끼와 나무들

한때에 한 사람이 도끼자루를 만들 나무를 얻으려고 수풀 가운데로 들어갔더니, 나무들의 생각에는,

'우리에게 대하여 작은 청이라.'

하여, 그 사람에게 좋은 단단한 나무 한 가지를 주었더라. 그러나 그 사람이 잠깐 동안에 도끼자루를 맞추어 가지고 수풀 가운데 제일 좋은 나무를 다 베었는지라.

나무들이 와작와작 부러져 땅에 쓰러질 때, 슬퍼하며 서로 말하여 가로되,

"우리의 사랑함을 잘못 썼나니, 우리는 우리의 미련한 값을 받는다."

하더라.

33과
까마귀와 양

한 까마귀가 양의 등에 앉아서 지껄이더니, 양이 말하기를,

"이 주절거리는 새야! 청컨대 조용하여라. 네가 내 목숨을 줄어들게 하는 자로다. 만일 내가 개같으면 네가 나를 이처럼 핍박할 생각도 못하였으리라."

까마귀가 대답하기를,

"그 말이 옳고 참되다. 내가 천성이 악하고 복수심이 많은 자와는 도무지 교섭하지 아니하나, 그러나 너와 같이 유순하고 약하여 아무것도 갚기에 능하지 못한 자를 핍박하기를 좋아하노라."

양이 산 곁에서 먹을 때에 묵묵히 홀로 이르기를,

"모든 겁쟁이들이 이 까마귀와 같이 약한 것만 멸시하지 아니하는가?"

하더라.

34과

고양이와 수탉

한 굶주린 고양이가 저녁 먹이를 위하여 쥐를 잡고자 한 것이 헛되이 되자, 최후에는 한 어린 수평아리를 잡은지라. 고양이가 병아리에게 말하기를,

"너는 시끄럽게 하는 놈이다. 또 너는 지금까지 산 것이 넉넉하다. 네가 아침에 우는 소리로 집안 모든 사람들을 소요하게[23] 하느니라."

병아리가 말하기를,

"그대가 오해로다! 나는 한 사람도 소요하게 아니하노니, 집의 사람들을 깨우기 위하여 우노라. 내가 아니면 그들이 일어날 때를 알지 못하리라."

고양이가 말하기를,

"그런 핑계들은 하지 말라! 네가 설명하기 위하여 노심하

---

23 소요하다: 여럿이 떠들썩하게 들고일어나다.

지[24] 말지라. 나는 아침밥도 먹지 못하고 점심도 없었으니 저녁으로 너를 먹으리라."

하더라.

---

24 노심하다: 마음으로 애를 쓰다.

35과
이리와 산양[25]

이리가 자기가 닿지 못할 험한 층암절벽 위에서 한 산양이 풀 먹는 것을 본지라. 이리가 말하기를,

"사랑하는 친구여! 조심하시오. 나는 그대가 거기서 떨어져 목이 부러질까 염려하노라. 풀 있는 동산으로 내려오시오. 동산에는 풀이 신선하고 청청하외다.[26]"

하니, 산양이 말하기를,

"그대가 매우 굶주리느냐? 또한 지금이 그대의 점심때니 나를 잡아 먹고자 하느냐? 감사하외다. 나는 오늘 풀동산으로 내려가지 아니하겠노라."

하고, 거짓 생각하는 체하는 이리의 계교에 빠지지 아니하기도 하고, 위태로운 절벽에서 안전히 지내기도 하였더라.

---

25 「우언목록」에는 '이리와 염소'로 되어 있음.
26 청청하다: 싱싱하게 푸르다.

36과
암탉과 제비

　자기 둥우리가 없는 암탉이 알 몇 개를 찾았는데, 그 마음에 친히 여겨 따뜻하게 품어 주기로 생각하였더라. 그러나 독사의 알이니 점점 작은 독사들이 나오는지라. 한 제비가 지나가다가 그것을 보고 말하기를,

　"이런 알들을 까는 일은 어찌 어리석은 짐승의 일이 아니냐? 머지않아 그 작은 독사들이 다 크게 자라면 장차 누구를 물 것이뇨? 두렵건대 아무리 보아도 먼저 그대를 물 줄을 알지 못하느냐?"

　그 암탉이 외발로 서서 좌우 눈으로 그 악한 작은 독사를 자세히 보며 말하기를,

　"그러면 그대는 내가 한 일이 도리어 해가 많은 줄로 생각하느냐?"

하니, 그 제비가 날아갈 때에 말하기를,

　"나는 물론 그렇게 생각하노라."

하더라.

경우 있게 함이 생각 없는 자비보다 나으니라.

37과
돌 국

크게 폭풍우 치는 날에 한 빈궁한 사람이 부자의 집에 음식을 얻어 먹으러 갔는데, 그 부자의 종들이 말하기를,

"가거라! 이 집에 와서 우리들을 번거로이 말라."

하니, 그 빈궁한 사람이 말하기를,

"나를 허락하여 들어가서 젖은 옷을 말리게 하여 주시오."

하는지라. 종들의 생각에 이는 아무 해가 없으리라 하여 들어가기를 허락하였더라.

그 후에, 그 빈궁한 사람이 음식 만드는 자에게 말하기를,

"돌국을 만들 테니 냄비를 좀 빌려 달라."

고 청하니, 그가 말하기를,

"돌국이라니? 당신이 돌로 어떻게 국이 되게 하는지를 보고자 하노라."

하고, 곧 냄비를 빌려주었더니, 빈궁한 사람이 우물에서 물을 냄비에 가득히 채우고 길에서 조약돌을 주워다가 냄비 가운데 넣은즉, 음식 만드는 자가 말하기를,

"마땅히 소금이 좀 있어야 하겠소."

그 사람이 정중히 말하기를,

"그렇게 생각하나이까?"

하고, 이에 그에게 소금을 주고 조금 있다가 완두(豌豆)와 박하(薄荷)와 백리향(百里香)[27]을 주고 나중에는 고기 조각을 가져다 주니, 그런고로 그 빈궁한 자의 국이 좋은 점심이 되었더라.

빈궁한 자가 말하기를,

"여러분은 보시오! 사람이 만일 오랫동안 힘쓰고 쾌활하게 하여 그 있는 것을 좋게 여기면 마지막에는 그 원하는 것을 다 얻으리라."

하더라.

---

27 백리향(百里香): 꿀풀과의 낙엽 활엽 관목. 줄기는 덩굴지고 향기가 있으며, 잎은 마주나고 무딘 피침 모양으로 톱니가 있고 가는 털이 나 있다. 여름에 입술 모양의 붉은 자주색 꽃이 윤산(輪繖) 화서로 피고 열매는 핵과(核果)로 가을에 어두운 갈색으로 익는다. 화초로 가꾸고 줄기의 잎은 약재 또는 소스의 원료로 쓴다. 높은 산의 바위틈에 나는데 한국, 인도, 중국 등지에 분포한다.

38과
나귀와 귀뚜라미

한 나귀가 귀뚜라미들이 우는 것을 듣고, 그 소리를 대단히 재미있게 여겨 자기도 이런 소리 하기를 원하여 귀뚜라미에게 묻기를,

"그대들은 무슨 음식을 먹기에 이처럼 아름다운 소리를 하느냐?"

하니 대답하기를,

"우리는 이슬을 먹고 사노라."

하니, 이에 나귀도 이슬을 먹고 살기로 작정하였더니, 며칠 후에 굶주려 죽었으니, 이는 다른 사람의 일하는 까닭을 알지 못하고 꼭 그대로 함이라.

39과
하루살이와 황소

 한 마리 하루살이가 날아다니다가 피곤하여 황소 뿔에 앉아 쉬다가 오래 된 후에 제 집으로 돌아가려고 마음 먹고 크게 소리치면서 황소에게 말하기를,

 "그대는 내가 이곳에 좀더 오래 머물기를 원하느냐? 혹은 지금 가기를 원하느냐?"

하니, 황소가 대답하기를,

 "네가 좋을 대로 하여라. 나는 네가 언제 온 것도 알지 못하고 참으로 네가 갈 때에도 알지 못하노라."

하고, 조는 황소가 생각하기를,

 '이렇듯이 작은 동물이 스스로 호기롭다 함이 어찌 그리 많은가?'

하더라.

40과
여우와 게

한 굶주린 여우가 게 한 마리가 바다에서 나와 언덕가에서 자는 것을 갑자기 물었는지라. 여우가 게에게 달려들어 물 때에 말하기를,

"이렇듯이 아침밥을 일찍이 얻었으니 어찌 좋은 행복이 아닌가?"

하니, 게가 먹히는 줄 알고 말하기를,

"과연 그러하오. 나는 일 없는 곳에 와서 이런 일을 당하였으니 나의 처소, 곧 물에 있는 것이 좋을 뻔하였다."

하더라.

41과
나귀와 개구리

어느 날 한 나귀가 자기 등에 섶[28]을 싣고 못을 건널 때에 미끄러져서 물에 넘어지니라. 불쌍한 나귀가 물 가운데 뒹굴고 버르적거릴 때에 부르짖기를,

"도와주시오! 도와주시오!"

하였으되, 그 짐이 너무 무거워 능히 일어나지 못하고 슬피 소리지르더라.

그 못에 있는 개구리가 그 슬픈 소리를 들었으나 불쌍히 여기는 동정을 표하지 아니하고 말하기를,

"미련한 놈아! 물에 잠깐만 빠졌는데 어찌 이렇듯이 요란하느냐? 만일 그대가 이곳에 항상 살기를 우리가 사는 것과 같이 한다면 어떠할 뻔하였느냐?"

하더라.

---

28 섶: 잎나무, 풋나무, 물거리 따위의 땔나무를 통틀어 이르는 말.

42과
유모와 이리

한 이리가 저녁 먹을 것을 위하여 무엇을 찾으러 두루 다니다가 어느 집에서 아기 우는 소리를 들은지라. 그 유모의 말을 자세히 들으니 말하기를,

"아이야! 울기를 그쳐라. 그치지 아니하면 문 밖에 던져 이리에게 주겠다."

한지라. 이리가 문 가까이 앉아서 홀로 생각하기를,

'내가 오래지 아니 하여 좋은 저녁 먹을 것이 있겠다.'

하더니, 그 아기가 오래 울고 울다가 마침내 잠을 자는지라.

그 후에 이리가 유모의 하는 말을 들으니, 가로되,

"좋은 아기로다. 만일 악하고 늙은 이리가 내 사랑스런 아기를 잡으러 오면 그놈을 때려 쫓겠다."

하니, 이리가 할 수 없어 섭섭하게 집으로 돌아가다가 길 가운데서 여우를 만난지라. 여우가 말하기를,

"친구여! 무엇이 그대를 이렇듯이 신산하고[29] 민망하게 하였느뇨?"

이리가 응응하며 말하기를,

"내게 말하지 말라. 어떤 유모가 아이에게 하는 말을 내가 꼭 믿은 까닭으로 점심도 먹지 못하였다."

하더라.

---

29 신산하다: (비유적으로) 세상살이가 힘들고 고생스럽다.

43과
고양이와 명매기

한 고양이가 명매기[30] 깃에 사는 새들이 병이 났다는 소리를 듣고, 안경을 쓰고 외투를 입고, 또 자기를 의사와 같이 보이게 단장을 하고 가서 문을 두드려 통기하고[31] 말하기를,

"여기 계신 여러분이 다 병이 났다고 하는 말씀을 듣고 방문하러 왔으니 들어가게 허락하시오. 여러분에게 약을 드려 치료케 하리다."

한데, 새들이 고양이의 수염을 보고 저희의 원수 고양이인 줄 알고 말하기를,

"싫소이다! 너무 감사하오나 우리는 괜찮으니 문을 열어 그대를 들어오게 아니 하는 것이 대단히 낫습니다."

하였더라.

---

30 명매기: 제빗과의 여름 철새. 몸의 길이는 19cm 정도이며, 몸 둥 쪽은 광택이 있는 검은색이고 허리에는 붉은 부위가 있다. 제비보다 날개와 꽁지가 다소 길다. = 귀제비.

31 통기하다: 기별을 보내어 알게 하다.

44과
수탉과 여우

한 농부가 여우를 잡기 위하여 숨겨 놓은 올무가 있는데, 한 마리 여우가 농장으로 더듬어 살살 기어들어가다가 그 올무에 간즉, 여우를 훑쳐 단단한 노끈에 얽매인 줄 스스로 깨닫고, 이에 두려움으로 부르짖다가 화가 치밀어 미치게 된지라.

한 수탉이 그 소리를 듣고 담 위로 날아올라 가서 엿본 즉 여우인지라. 떨며 무서워하여 비록 그 옛적 원수 여우가 능히 요동치 못할지라도 감히 가까이 가지 못하고 스스로 기쁨을 이기지 못하여 크게 우니, 여우가 쳐다보고 말하기를,

"사랑하는 수탉이여! 내가 그대의 강건함을 묻기 위하여 이곳에 와서 불행함이 어떠한 것을 보나니, 청컨대 나를 도와 이 노끈을 끊어 주든지, 그렇지 아니하면 내가 이빨로 이 노끈을 쏠 때까지 내가 올무에 걸린 것을 아무에게든지 알게 하지 말라."

하니, 그 수탉이 아무 말도 하지 아니하나, 그러나 할 수 있는 대로 주인에게 빨리 가서 이 모든 일을 다 고하였으니, 그런 고로 그 교활한 여우가 상당히 받을 것을 받았느니라.

45과

말과 말 탄 사람

한 기병[32] 사관(騎兵士官)[33]이 자기의 군마(軍馬)를 제일 괴롭게 하였더라. 전쟁을 할 동안에는 말을 동무처럼 그리고 돕는 자처럼 여기고 매일 솔질하고 또 꼴[34]과 귀리[35]를 먹이더니, 전쟁이 그친 때에는 곡식과 마른 꼴 주기를 그치고, 겨와 길가에서 얻을 수 있는 대로 아무 풀이나 먹이고 천한 일도 시키고, 또한 그 힘에 넘치는 무거운 짐을 억지로 싣게 하더라.

세월이 지나 싸움이 다시 선언되자, 사관은 군마용의 마구(軍馬用馬具)[36]를 꺼내어 군마에게 단장하고, 그런 뒤에 자기는 무거운 갑옷을 입고 말에 올라 전장에 나아 가려고

---

32 기병(騎兵): 말을 타고 싸우는 병사. 늑 기마병.
33 사관(士官): 장교를 통틀어 이르는 말.
34 꼴: 말이나 소에게 먹이는 풀.
35 귀리: 볏과의 한해 또는 두해살이풀. 열매는 가축의 먹이로 씀.
36 마구(馬具): 말을 타거나 부리는 데 쓰는 기구.

하더니, 말이 그 무거운 짐을 감당하지 못하여 즉시 거꾸러
졌더라.

　말이 주인에게 말하기를,

　"그대는 걸어서 전장에 나가시오. 대개 주인은 변해서 나
를 말로 여기지 않고 당나귀로 여기는도다."
하더라.

　친구가 도와주기를 요구하지 아니 할 때에 친구를 가볍
게 여기는 자는 그 친구의 힘을 다시 요구하는 때에 친구가
진력하여 주기를 바라지 못할지니라.

46과

여우와 학[37]

여우와 황새(46과 그림)

---

37 제목과 본문에서는 '학'이라고 했으나, 「우언목록」과 그림 제목에서는 '황새'
로 되어 있음.

여우와 학이 친구처럼 지내더니, 여우가 국 외에 아무것도 준비하지 아니한 점심을 같이 먹기 위하여 학을 청하였는데, 그 국을 넓고 얇은 접시에 담아온지라. 여우는 진중한 태도로 잔치의 주인 자리에 앉아서 그 친구에게 어떻게 할 것을 가르치기 위하여 국을 핥아 먹기 시작하였으니, 이것이 여우에게는 매우 쉬우나 학은 제 주둥이 끝만 국그릇에 대고 좋은 냄새만 맡고 먹지 못하니 곤란하였더라. 학이 점심에 대하여 치하하고 잠깐 후에 떠날 때 그 친구에게 말하기를,

"내가 대접받은 것을 앞으로 갚겠노라."

하니라.

과연 며칠 후에 답례할 때에 유리병에 넣은 쇠고기 외에는 아무것도 밥상에 가져 오지 아니하였는데, 그 병이 목은 좁고 또 깊어서 자기는 먹을 수 있을지라도 여우는 먹을 수 없으매, 그런고로 병 목가에 붙은 고기 조각만 좀 핥은지라. 여우는 자기가 답답한 것뿐이로되, 그러나 자기가 상당한 대접을 받았다고 할 수밖에 없느니라.

47과

개와 수탉과 여우

이웃이 된 개와 수탉이 한번은 잠깐 함께 여행하다가 날이 저물매, 수탉은 한 나뭇가지에 날아 올라가 자고, 또 개는 나무 밑의 굴통[38]을 찾아 기어 들어가 누워 자는데, 새벽에 수탉은 여전히 울더라. 여우는 그 우는 소리를 듣고 생각하기를,

'성녕 좋은 아침밥이 있으리라.'

하고, 와서 그 가지 아래에 섰다가 수탉에게 말하기를,

"밤 사이 평안하오니까? 이렇듯이 소리 하는 자를 잘 알기로 나에게는 아주 즐거운 일이외다. 그대는 이곳에 내려와서 말하고자 아니 하느뇨?"

수탉이 대답하기를,

"감사하외다. 아직 할 수 없으나 그대가 이곳에 올라오고

---

38 굴통: 수레바퀴의 한가운데 굴대를 끼우는 부분. 구멍 안에는 쇠고리를 대었고 그 둘레에는 바큇살을 꽂을 홈이 패어 있다.

자 하면 나무 밑동을 두루 돌아 나의 사환[39]을 깨워 주시오.

그가 장차 문을 열어 그대로 하여금 들어오게 하리라."

하니, 여우가 즉시 수탉이 청하는 대로 하였으나, 그러나 나무에 가까이 간즉 개가 달려들어 여우를 찢어 두 조각이 되게 하였더라.

닭이 나무 위에서 이 광경을 내려다볼 때에 말하기를,

"둘이 동일한 승부로 잘 논다."

하더라.

---

39 사환: 관청이나 회사, 가게 따위에서 잔심부름을 시키기 위하여 고용한 사람.

48과
파리와 나비

어느 날 밤에 한 파리가 꿀 넣은 병에 앉았으매, 그 맛이 매우 단 것을 알고 병 가장자리로 다니며 먹다가 점점 가장자리를 떠나 병 가운데로 들어갔더니 나중에는 단단히 붙은지라. 발과 날개에 꿀이 묻어 도무지 쓸 수가 없게 되었더니, 마침 이때 한 나비가 곁으로 날아 지나다가 파리가 우물거리는 것을 보고 말하기를,

"이 미련한 파리야! 먹을 것을 탐내다 그 모양으로 붙기까지 하였단 말이냐? 그대의 식욕은 너무 많도다."

가련한 파리가 아무 대답할 말이 없는 것은 그 나비의 말이 옳기 때문이더라. 조금 후에 저녁때가 되매, 나비가 눈이 부시는 등불 가장자리로 돌아다니다가 더욱 불꽃 가까이 가더니, 나중에는 불에 바로 날아 들어가 곧 타고 만지라. 파리가 말하기를,

"어쩐 일이뇨? 너도 또한 미련하냐? 그대가 나에게 꿀을

너무 사랑한다고 허물하더니, 오히려 그대의 지혜로도 불을 사랑함을 그치지 아니하였느뇨?"

우리는 이따금 다른 사람의 흠 보기를 자기의 흠 보기보다 쉽게 하느니라.

49과
아이의 목욕

하루는 작은 아이가 자기에게는 너무 깊은 물에 가서 목욕을 하다가 물에 **빠졌는지라**. 마침 곁을 지나가는 사람에게 부르짖어,

"와서 건져 달라!"

한데, 그 사람이 말하기를,

"너는 헤엄칠 줄 알지 못하느냐?"

아이가 대답하기를,

"네, 나는 헤엄칠 줄 알지 못하나이다."

하니, 그 사람이 말하기를,

"네가 헤엄칠 줄 모르고 깊은 물에 들어가니 매우 어리석은 자로다. 이밖에 아는 것이 없느냐?"

하니, 그 아이가 말하기를,

"참말이올시다만, 당신은 내가 언덕으로 나간 후에 꾸지람을 할 수 있으니, 청컨대 지금 나를 도와주시오. 그렇지 아니하면 내가 장차 죽겠나이다."

하더라.

50과
아라비아 사람과 약대

한 추운 밤에 아라비아 사람이 자기의 장막에 앉았을 때, 장막 휘장이 가만히 열리며 약대[40]가 그 얼굴을 나타내어 안을 엿보는 것을 보고 다정히 묻기를,

"무슨 일이냐?"

하니, 약대가 말하기를,

"주인이여! 추워서 간청하옵나니 나의 머리를 장막 안에 두게 허락하여 주옵소서."

인자한 아라비아 사람이 대답하기를,

"옳지! 그리하여라."

하니, 약대는 머리를 장막 안에 들여보내고 섰더라. 조금 후에 또 간청하기를,

"나의 목도 좀 덥게 할 수 있나이까?"

아라비아 사람이 즉시 허락하니, 약대의 목이 장막 안에

---

40 약대: 낙타과 낙타속의 짐승을 통틀어 이르는 말.

쑥 들어왔더라.

약대는 우뚝 서서 불편한 모양으로 머리를 좌우로 두르 더니, 이어서 말하기를,

"이렇게 서 있는 것이 불편하외다. 만일 나의 두 앞발을 장막 안에 들여놓게 한다면 자리를 조금만 더 차지하겠나 이다."

하니, 아라비아 사람이 말하기를,

"네가 앞발을 장막 안에 들여놓을 수 있다."

하고, 장막이 작으므로 자기의 자리를 조금 비켜준지라. 그 약대가 다시 말하기를,

"내가 이렇게 서 있는 고로 장막 휘장을 열어 우리 둘이 다 춥게 되었나이다. 내가 온전히 안으로 들어갈 수 없습나 이까?"

하니, 자기의 짐승을 가련히 여기기를 자기와 같이 하는 그 아라비아 사람이 말하기를,

"옳다! 네가 원하면 온전히 들어오라."

하였으나, 그 장막이 너무 좁아 둘이 용납할 수 없는지라. 약대가 장막으로 우적우적 들어올 때에 말하기를.

"내 생각에는 도저히 우리 둘이 있을 자리가 넉넉하지 못

하고 그대는 나보다 작은즉, 그대가 밖에 서 있는 것이 더욱 좋겠도다. 그리하면 나는 안에 편안히 있을 수 있겠소."

하고, 조금 밀치니 아라비아 사람이 장막 밖으로 나갔더라.

51과
꼬리 잃어버린 여우

하루는 여우가 그 꼬리를 덫에 걸린지라. 겨우 빠져나오기는 하였으나, 그 끼인 꼬리를 잡아당길 때에 꼬리 끝이 끊어졌더니, 오래지 않아 깨달아 알기를, 살아 있는 것이 근심되는 것은 꼬리가 없기 때문에 부끄러움과 조롱을 받는 것이라. 스스로 말하기를,

"내가 마땅히 꼬리가 없는 것이 불행하다고 말하지 아니하여야 되겠다."

하고, 이에 다른 여우에게도 꼬리를 베어 버리라고 권면하였더라. 그 후에 여우의 모임을 할 때에 그가 담대하게 말하여 자기의 형편에 꼬리 없는 것이 유익함을 설명하여 가로되,

"대저 꼬리라 하는 것은 실상 우리 종류에게 있을 것이 아니오. 보기에 매우 미울 뿐더러 여우가 된 표시를 개에게 나타내어 위태함이 되나니, 나는 나의 꼬리를 내버린 후에 편리함이 오늘날 같은 때가 도무지 없노라."

그가 연설을 마친 뒤에 한 꾀 있는 늙은 여우가 일어서서 자기의 꼬리를 한번 보기 좋게 흔들며 여우의 종류들이 잘 아는 희롱으로 말하여 가로되,

"만일 내가 불의의 재앙을 만나 나의 꼬리를 잃었으면 나는 의심 없이 친구의 말과 같이 하려니와, 그러나 꼬리는 우리 여우에게 제일 되는 화장품(華裝品)[41]이며 영광이니, 우리 친구가 당한 불행과 같은 불행이 오기까지 나는 나의 꼬리를 보전할 터이오. 또한 다른 이에게도 이와 같이 권면하기로 하노라."

하니, 모든 여우가 꼬리 끝을 흔드는 것으로 투표하여 다 그저 두기로 가결하였다.

그러나 시대의 유행이나 풍속이 부패되기는 불행을 당한 여우와 같은 꾀 있는 자로 말미암음이 많으니라.

---

41 화장품(華裝品): 화려한 장식품.

52과

아이들과 개구리들

아이들이 연못가에서 놀다가 많은 개구리가 물 가운데서 장난치는 것을 본지라. 한 아이가 말하기를,

"우리가 저 개구리들을 맞힐 수 있나 보자. 저들로 물 자맥질[42]하게 하면 매우 우습겠다."

하고, 다 돌을 들어 개구리에게 던지기를 시작한지라. 몇 마리 개구리가 맞은 후에, 그 중 한 마리가 머리를 물 위로 내밀고 말하기를,

"아이들이여! 그만 두시오. 돌을 우리에게 던지는 것이 너희에게는 큰 놀이가 될 수 있지만 우리에게는 사망이 되노라. 우리가 너희에게 상처를 준 적이 없는데, 슬프다! 너희가 이미 우리 식구 중에 세 마리를 살상하였다."

하더라.

---

42 자맥질: 물속에서 팔다리를 놀리며 떴다 잠겼다 하는 것.

53과

제비와 다른 새들

한 영리한 제비가 농부가 밭에 종자 심는 것을 보고 무엇인지 알고자 하여 농부의 뒤로 가서 한 알을 내어 보니, 삼의 씨인 줄 알고 스스로 말하기를,

"이것이 자란 후에는 사람들이 이것으로 실을 만들 터이오. 또한 우리 새들을 잡기 위하여 이것으로 그물을 만들리라."

그런 고로 모든 새들에게 가서 발견한 것을 말하고 청하기를,

"와서 나를 도와 삼의 씨가 싹이 나오기 전에 주워 먹자." 하고, 또 말하기를,

"이 밭은 그 사람의 밭만큼 우리의 밭도 된다." 하고 또,

"우리 중에 하나만 이 씨를 취하면 조금밖에 못하겠으나, 함께 일하면 우리의 위험을 없애겠다." 하되, 새들은 그 말을 자세히 듣지 아니하고, 한 새도 그를

도와 농부가 심은 씨를 줍기로 권면을 받지 아니하는지라. 조금 후에 삼의 싹이 나오매, 그 제비가 다시 새들을 권하여 삼이 자라기 전 어렸을 때에 뽑자 하되, 새들은 다 그 제비의 근신한 말을 비웃고 삼이 자라는 대로 버려두니라.

그 제비가 새들이 주의하지 아니함을 보고 그들과 상종하지 아니하고, 저희가 거주하는 삼림을 떠나 인가에 와서 헛간[43]이나 집 처마에 깃들이니라.

---

43 헛간: 막 쓰는 물건을 쌓아 두는 광. 흔히 문짝이 없이 한 면이 터져 있다.

54과
농부와 뱀

어느 추운 날에 한 농부가 뱀이 언 땅에 누운 것을 보니, 꼿꼿하여 거의 얼어 죽게 된지라. 가련히 여겨 뱀을 잘 보호하여 가지고 집으로 돌아와 화로 곁에 두었더니, 잠깐 후에 그 뱀이 더움을 깨달아 제 머리를 들어 그 인자한 사람을 물려고 하였더라. 농부가 말하기를,

"너는 곧 내가 수고한 것을 이렇게 갚느냐? 너는 악독한 동물인 줄 내가 분명히 아나니 너는 한시바삐 죽는 것이 마땅하다."

하고, 자기의 막대기로 뱀을 단번에 때려 죽이니라.

55과
까마귀와 백로(白鷺)

한 까마귀가 눈과 같이 흰 백로가 못 위에 선 것을 보았더라. 까마귀는 자기의 검은 털을 보고 혼자 생각하기를,

'백로가 이처럼 흰 것이 이상한 것이 아니라. 나의 짐작에 만일 나도 몸을 여러 번 씻으면 마침내 희어질 수 있으니 하여 보리라.'

하고, 이에 먹을 것이 풍성하게 있는, 항상 살던 장소를 떠나 호수가에 와서 살면서 제 몸을 아침부터 저녁까지 씻었으나 희어지지 아니하고, 또한 아무것도 먹지 못한 고로 이로 인하여 거의 죽을 지경에 이르렀더라.

56과
새들과 짐승들과 박쥐

하루는 새들과 짐승들 사이에 큰 전쟁이 일어났더라. 접전을 할 때에 박쥐는 짐승이 승리할 줄로 생각하고 그날의 전쟁을 피하여 방관만 하였더니, 그 후에 박쥐가 짐승에게로 간즉, 그들이 박쥐를 보고 말하기를,

"너는 새라."

한데, 박쥐가 말하기를,

"그렇지 아니하다. 나의 몸에는 털이 났으며 입에는 날카로운 이빨이 있는 것을 보라."

조금 후에 전쟁이 계속 될 때에 새들이 말하기를,

"어떤 짐승이 여기 왔느냐?"

하니, 박쥐가 말하기를,

"나는 짐승이 아니요, 새로다. 나의 날개를 보라. 이 전쟁은 진실로 그대들뿐이 아니요, 나의 전쟁이라."

그러나 새들은 아는 체도 아니 하니, 이날부터 박쥐는 자기를 낮에 나타내기를 부끄러워하여 다만 고요한 곳에

숨어 모든 동물에게서 떠나, 새와 짐승들이 잘 때에 어두운
가운데 소리 없이 날아다닐 뿐이더라.

57과

촌 쥐와 성 안 쥐

한 성 안의 쥐가 촌에 있는 친구 쥐를 심방하러 갔더라. 촌 쥐가 여러 번 용서하여 달라고 하며 자기에게 있는 음식 중 제일 좋은 것을 가져다가 귀빈을 후하게 대접하더라. 그 차린 것이 많은데, 밀가루와 만두와 돼지고기 한 조각을 먹은 후에 입가심으로 한 조각 유병(乳餠)[44]을 먹였더니, 촌 쥐는 그 귀빈이 식사하는 동안에 예절을 존중히 하여 점심을 조금도 먹지 아니했는데, 둘이 먹기에 넉넉지 못할까 염려함이라.

손님을 대접하기 위하여 한 줄기 짚을 쏠고 있더니, 성 안의 쥐가 점심을 다 먹은 후에 말하기를,

"오랜 친구여! 그대의 은근한 예를 감사하노라. 그러나 내가 그대에게 분명히 이를 말이 있노라. 그대가 이 작은 구멍에서 이렇듯이 간난한[45] 생활을 어떻게 하고 있는지

---

44 유병(乳餠): 치즈. 168쪽 각주 60번 참조.
45 간난하다: 몹시 힘들고 고생스럽다.

나는 알지 못하노라. 먹을 물건이 넉넉하고 또한 즐겁게 지낼 성 안으로 어찌 나와 같이 가지 아니하느냐? 그대는 그대의 생명을 헛되이 보내는도다. 그대가 만일 나 사는 성 안을 한번 보면 이렇듯이 적적한 곳으로 다시 돌아올 생각이 없으리라."

하고, 오랫동안 권면한즉, 촌 쥐가 드디어 그 밤에 성 안으로 가기로 허락하였더라.

그런 고로 그와 같이 떠나 밤중에 성 안의 쥐가 사는 큰 집에 이르니, 식사하는 방에는 큰 잔치를 펼쳐놓은지라. 성 안 쥐는 씩씩한 풍채를 내고 식당으로 나가 맛있는 조각을 가져다가 그 촌 친구를 대접하니, 촌 쥐는 좋은 먹을 것이 많으므로 마음껏 먹었더라.

홀연히 식당 문이 열리며 여러 사람이 들어오매, 그 뒤에 큰 개가 따라와서 크게 짖으며 방안을 돌아다니느라. 두 마리 쥐는 급히 도망하여 구멍에 들어가매, 그 작은 촌 쥐는 무서워 거의 죽게 되었더니 잠깐 후에 기운을 차려 말하기를,

"야단이다. 성 안의 생활이 이러할진대 내가 이를 넉넉히 보았노라. 만일 그대가 원할진대 이 아름다운 곳에 머무시

오. 나는 장차 조용하고 평안한 내 촌 집에 돌아가서 질소
(質素)한[46] 밀가루와 만두나 먹고 즐기겠노라."

하더라.

---

46 질소하다(質素하다): 꾸밈이 없고 수수하다.

58과
수탉과 보석

하루는 아침에 수탉이 제 사랑하는 암탉들을 불러 가로되,

"오라, 나의 사랑하는 자여! 나는 굶주리니 너도 또한 그러하리라. 내가 나가서 장차 우리의 아침밥을 위하여 단맛있는 지렁이와 벌레를 들추어내리라"

암탉은 수탉이 들추어내는 동안에 서서 기다리더니, 수탉이 첫째로 들추어낸 것은 벌레도 아니요, 지렁이도 아니요, 오직 값진 보석이라. 이것은 혹 홍보석이나 녹보석인 듯한지라.

수탉이 말하기를,

"아이고, 이것이 무엇이냐? 보석이로다! 어떤 사람이든지 이런 귀한 물건을 얻으면 매우 즐거워하겠지마는 내게는 요긴치 아니하도다. 내게는 차라리 콩 몇 알을 얻는 것이 세상에 있는 모든 보석보다 낫다."

하니, 암탉이 말하기를,

"우리도 그러하다."

하더라.

　우리가 각각 원하는 것이 아니면 우리에게 아무 유익이
없느니라.

59과
늙은 사냥개

어느 때에 아름다운 사냥개가 있으니, 그 귀는 길고 또 비단 같은 털과 미끈하고 고운 가죽이 있는데, 그 개는 고울 뿐더러 힘도 있고 발도 빠른 충성된 종이라. 언제든지 그 주인이 사냥하러 가면 반드시 따라가서 사슴을 사냥하더니, 몇 해 후에 늙고 또 쇠약해졌으나 다른 개들과 같이 주인을 따라 사냥을 가니라.

하루는 한 수사슴이 쫓겨 피곤할 때에 이 늙은 개가 쫓아가서 사슴을 잡았으나 늙고 이가 빠져 단단히 물지 못하였으니, 그러므로 그 수사슴이 갑자기 뿌리치고 달아났더라. 마침 이때 그 주인이 말을 타고 달려와서 이러한 일을 보고 대단히 노하여 채찍을 가지고 진실한 사냥개를 때리니, 그 개가 말하기를,

"참으시오, 참으시오! 사랑하는 주인님이여! 나를 치지 마시오. 나도 잘하고자 하였나이다. 나의 늙은 것은 내 탓이 아니로소이다. 만일 이제 나를 즐겨하지 아니 하시거든

지금까지 지내온 일을 생각하여 보시오."

하더라.

60과
허영심 있는 까마귀

주피터[47]가 새 종류를 다스릴 왕을 세우기로 작정하고, 정한 날에 왕이 될 자는 내 앞에 오라 하여, 또한 제일 아름다운 자를 택하여 왕을 삼겠다고 반포한지라.

까마귀가 자기의 추악한 것을 알았으나, 다른 새들을 다스릴 왕이 될 야심이 있어서 산과 들로 두루 구하여 다른 새의 날개에서 떨어진 깃을 얻어 자기의 온몸에 붙이고 있다가, 작정한 날이 돌아오매 새들이 모일 때에 까마귀는 색색이 깃을 장식하고 오거늘, 주피터가 까마귀로 왕을 삼기로 반포한즉, 이를 본 모든 새들은 분노하여 까마귀에게 달려들어 각기 자기의 깃을 뽑아내어 왕이라 반포된 자로 하여금 높고 아름답다고 주창할 것이 없는 예사로운 까마귀만 남겼더라.

---

47 주피터: '유피테르'의 영어 이름. 로마 신화에 나오는 최고의 신. 그리스 신화의 제우스(Zeus)에 해당한다.

61과
당나귀와 작은 개

한 사람이 당나귀를 사랑하여 먹이고, 또한 작은 개가 있는데, 당나귀는 종일 밭에서 일하다가 밤에는 마굿간에서 자더라.

오직 작은 개는 뛰어다니며 놀고, 또 하고자 하는 때에는 주인의 무릎에 뛰어올라가 그 주인의 손에서 먹을 것을 먹고, 밤에는 주인의 침대 곁에서 자거늘, 당나귀가 이것을 보고 대단히 불평하여 말하기를,

"나의 역사는 힘들고, 때림과 또 욕 밖에는 아무것도 받는 것이 없도다. 나는 어찌하여 저 작은 개놈 같이 사랑하여 칭찬을 받지 못할까? 이는 아무래도 나의 실책이다. 만일 개와 같이 나도 주인과 놀진대 저와 같이 대접을 받으리라."

하여, 뛰어서 방으로 들어가 주인의 무릎에 뛰어올라 앞발 둘을 주인의 어깨에 올려놓고 크게 소리하니, 주인이 그 소리에 귀가 거의 막히고, 또 큰 불측한 짐승의 위험함으로 인하여,

"도와 달라! 도와 달라!"

하니, 그 집 종들이 달려 들어와서 채찍과 돌로 때려 문으로 몰아내니라.

62과
외눈 가진 사슴

한 눈이 먼 사슴이 바닷가 절벽 위에서 풀을 먹을 때, 먼 눈은 물 있는 쪽으로 향하고 다른 쪽 눈은 육지로 향하여 사냥꾼과 사냥개가 가까이 오는 것을 보려 하더라.

배를 탄 사람들이 지나가다가 절벽 가에 사슴이 서 있는 것을 보고, 자기들이 가까이 오는 것을 알지 못하는 줄 알고 매우 가까이 가서 사슴을 쏜지라.

암사슴이 상한 줄 알고 스스로 말하기를,

"슬프다! 나는 불행한 짐승이로다. 육지의 위험만 조심하고, 안전한 줄로 여기던 바다. 언덕이 오히려 육지보다 더욱 위험한 줄을 깨달았다."

하더라.

63과
약대

    사람이 처음에 약대를 볼 때에는 그 몸이 큰 것을 두려워하여 도망하였느니라.

    그러나 잠깐 후에는 약대의 성질이 유순하고 온량한 줄 알고 비로소 담대한 마음을 내어 약대에게 가까이 가니, 약대는 참으로 명령에 쉽게 순응하고 정신이 부족하여 보이는지라.

    드디어 재갈을 물리고 아이들을 시켜 부리게 하니, 이후부터 약대들이 저의 일한 공로를 따라 가치가 있더라.

64과

이리와 집안 개

한 이리가 개를 만나 그 살찌고 번드레하게 보임을 보고 말하기를,

"친구여! 무슨 연고로 그대는 이처럼 살쪘나이까? 나는 밤낮 먹을 것을 구할지라도 늘 굶주리고 있나이다."

개가 대답하기를,

"왜? 나는 나의 먹을 것을 구하러 다닐 필요가 없나이다. 나는 밤에는 집을 지킬 뿐이요, 또 집안 모든 식구는 나를 사랑하여 저희 그릇에서 남은 부스러기로 나를 주어 먹이나이다. 그대가 와서 나와 함께 살면 나와 같이 행복을 누리리다."

하니, 이리가 말하기를,

"내가 과연 그렇게 될까? 잠깐이라도 그대와 같이 가서 그 생활을 시험하여 보리라."

하고, 함께 길로 올 때에 이리가 개의 목에 한 흠이 있음을 보고, 그것이 무엇인가 물으니, 대답하기를,

"이는 다른 것이 아니라 나의 목에 매인 줄에 갈린 작은 흠일 뿐이라."

하니, 이리가 묻기를,

"그대가 항상 줄을 매고 있나이까? 그대가 매여 있다는 말씀이오니까?"

개가 대답하기를,

"참말이오. 나를 낮에는 매어 두었다가 밤에는 내가 즐기는 아무 데라도 갈 수 있나이다. 처음에는 괴로울지라도 잠시 후에는 심상하외다[48]."

이리가 말하기를,

"잘 가시오. 그만큼 들은 것이 내게는 넉넉하오니, 나는 살지 못할지언정 잠시라도 자유코자 하나이다."

하더라.

---

48 심상하다: 대수롭지 않고 예사롭다.

65과
상수리나무와 갈대

강 언덕에 큰 상수리나무가 자라났으니, 이 나무가 뿌리를 땅에 튼튼히 박고 그 끝은 공중에 닿았는데, 혼자 말하기를,

"나는 어찌 힘이 있는지 나를 구부릴 자도 없고, 나는 모든 나무를 내려다본다."

하더라.

하루는 맹렬한 폭풍이 불어 그 교만한 상수리나무를 흔들어 부러뜨리매, 그 가지는 산산이 꺾어지고 그 나무는 강 가운데 빠져 떠 내려갈 때에 언덕에 있는 갈대 곁으로 지나가더니, 갈대는 가늘고 긴 줄기로 서서 부러져 떠나가는 가련한 나무를 보더라.

나무가 말하기를,

"갈대여! 바람이 불 때 상하고 부러지지 아니한 것은 무슨 연고이뇨? 그대는 저렇듯이 작고 또 약하며, 나는 이렇듯이 힘 있고 또 장대하다."

하니, 갈대가 대답하기를,

"불쌍한 나무여! 참으로 바람이 나를 상하게 하지 못한 까닭은 내가 작고 또 약함이라. 나는 바람이 지나가기까지 구부렸으되, 그대는 견고히 서고, 바람이 불어 지나가는 것을 저항하여 바람을 그치게 할 자는 하나도 없는지라. 바람은 어디든지 마땅히 갈 만한 데까지 가나니, 그러나 교만하고 강경하지 아니한 자는 상하지 아니하느니라."

하더라.

66과
개와 토끼

한 날은 개가 토끼를 쫓아갈새, 개가 잘 먹은 지 얼마 오래지 아니하므로 속히 토끼를 죽여 장난을 그치고자 아니하여, 혹 토끼를 물기도 하고, 혹 토끼와 같이 놀며 혀로 핥기도 하더니, 나중에는 놀란 토끼가 부르짖기를,

"청컨대, 내게 말씀하시오! 그대가 나의 원수냐? 혹 친구냐? 만일 친구라면 어찌하여 나를 이와 같이 무느냐? 만일 원수라면 어찌하여 나를 희롱하느냐?"

하였더라.

사람이 이 편도 아니요, 저 편도 아닌 자를 신용할 수 없느니라.

67과
매와 독수리와 비둘기

비둘기는 독수리가 자주 나타나는 것을 두려워하여 매에게 자기를 도와달라고 청구하여 말하기를,

"우리가 아는 중에 우리를 원수에게서 보호할 자는 그대밖에 없나이다. 만일 우리를 보호하면 우리는 평안하겠나이다."

하니, 매가 즉시 허락하고 비둘기 집에 자기 주소를 정하였더라.

비둘기들이 들어오기를 허락한 후에, 매가 하루에 비둘기 죽이기를 독수리가 일 년 동안에 움켜가는 것보다 더 많이 한지라. 그중에 제일 늙고 지혜 있는 비둘기가 말하기를,

"우리가 곤란한 때에 현재 위험보다도 오히려 다른 위험이 있을 줄을 마땅히 잊지 말지니라. 사람의 속담에 이르기를, 「병보다 더욱 독한 약을 피하라」 하였느니라."

하더라.

68과
군마와 노새

한 군마[49]가 전장에 나가기 위하여 찬란한 안장을 짓고 절렁절렁하는 고삐를 하고 큰 길을 나는 듯이 달릴 때, 그 발굽이 굳은 땅 위에서 우레 소리와 같이 울리는지라. 한 불쌍한 늙은 노새가 그 등에 무거운 짐을 싣고 한 길로 천천히 걸어갈새, 군마가 말하기를,

"길을 피하라! 아니하면 내가 너를 장차 티끌 가운데 밟으리라."

하니, 불쌍한 노새가 빨리 피하여 길을 내어 주니, 군마는 아주 교만하게 행하여 가더라.

얼마 오래지 아니하여 군마가 눈에 총을 맞았으매 군대에서 쓰지 못하게 되어, 그 좋은 안장과 굴레를 벗겨 버리고 한 농부에게 팔렸으매 무거운 짐을 싣더니, 일하기에 단련함이 없는 고로 힘이 들어 괴로워하는지라. 그 노새가

---

49 군마: 군대에서 쓰는 말.

143

얼마 후에 이 군마를 만나서 알아보고 소리하기를,

 "아하! 그대냐? 교만함은 언제든지 떨어짐이 있는 줄 아
노라."

하더라.

69과
바람과 태양

북풍과 태양이 한때에는 둘 중에 누가 힘이 있나 다투기를 시작하였더라. 그 둘이 가장 유명한 것을 말하여 말을 마칠 때에도 말을 시작한 때와 같이 각각 자기가 제일 능력 있는 줄로 생각하더니, 마침 이때에 한 보행꾼[50]이 오는지라. 그들이 말하기를,

"우리 둘 중에 누가 저 보행꾼의 두루마기를 빨리 벗게 하나 보자."

하고, 시험하여 힘의 강약을 알기로 의논하고, 교만한 북풍이 먼저 시작할새, 태양은 동시에 흰 구름 뒤에서 지키더니, 바람이 비상히 몹시 불어 두루마기 고름을 거의 풀게 된 때에, 그 사람이 두루마기 고름을 더욱 단단히 맬 뿐인 고로 북풍은 자기의 힘을 공연히 허비한 것뿐이라. 북풍은 이런 우직한 일을 하므로 자기의 면목이 없어 드디어 실망

---

50 보행꾼: 삯을 받고 먼 길에 급한 심부름을 가는 사람.

하고 물러가며 말하기를,

"그대도 이 일을 할 줄 믿지 못하노라."
하더라.

그 후에 친절한 태양이 나와서 먼저 공중을 가린 구름들을 몰아내고 자기의 따뜻한 광선을 보행꾼의 머리 위에 바로 쬐니, 그 사람이 흔연히 쳐다보고, 쬐는 태양 볕에 더워져서 자기의 두루마기를 풀어 좌우로 젖히고 더위를 피하기 위하여 제일 가까운 나무 그늘로 빨리 가더라.

친절한 권면이 억제함보다 나으니라.

70과
토끼와 거북

토끼와 거북(70과 그림)

하루는 토끼가 거북의 느린 걸음을 비웃었으니, 이는 자기가 거북보다 빨리 달음질함을 자랑함이라. 그 거북은 토끼의 웃음과 자랑을 잘 받아주며 말하기를,

"우리가 달음박질 내기를 하여 보자. 내가 너와 더불어 15리를 달음질할새, 10원 내기를 하자."

하고 또,

"건너편에 있는 여우로 하여금 재판하게 하자."

하니, 토끼가 허락하고 한 곳에서 같은 시간에 떠나 가니라. 토끼는 자랑하던 대로 한 번에 힘들지 않게 뛰어 가고, 거북은 한 번도 쉬지 아니하고 꾸준히 변하지 아니하는 보법[51]으로 바로 작정한 데까지 갔더라.

유희를 잘하는 토끼가 처음에는 거북보다 앞섰으나 그 후에는 떨어졌으며, 절반 길에 와서는 연한 풀을 먹고 또 여러 모양으로 즐기다가 조금 후에 날이 더워지매 낮잠을 자고자 하여 누우며 말하기를,

"거북은 이제 나보다 떨어졌으니, 만일 저가 내 곁으로 지나가면 내가 쉽게 따라갈 수 있다."

하고 자더니, 토끼가 깨어 본즉 거북이 보이지 아니하는지라. 죽을 힘을 다하여 뛰어가매, 거북은 그 작정한 곳에 와서 자는지라.

성품이 매우 급한 사람은 확실한데 지나치며, 꾸준하고 안정한 자는 경주에 승리하느니라.

----

51 보법: 걸음을 걷는 법.

71과
곰과 두 여행객

곰과 두 여행객(71과 그림)

두 사람이 함께 여행을 할 때에 홀연히 한 곰이 길을 지나 가는지라. 그 중에 한 사람은 빨리 나무에 올라가 나뭇가지 에 몸을 숨기고, 다른 사람은 곰에게 잡히게 될 줄 알고 땅 위에 반듯이 누웠더니, 곰이 와서 코로 이 사람의 몸을 냄새 맡을 때에 그 사람은 숨을 그치고 죽은 모양을 하였더

라. 곰은 머지않아 그를 떠나갔으니, 대개 옛말에 이르기를,
「곰은 죽은 시체를 다치지 아니한다」하더라.

곰이 간 후에 나무에 있던 사람이 내려 와서 동무에게
희롱거리로 말하기를,

"곰이 그대에게 이렇듯이 오랫동안 이마를 마주 대고 귀
에 수군수군 한 것이 무엇이냐?"

하니, 그 친구는 정대히[52] 대답하기를,

"곰이 내게 이같이 권면하여 말하기를, '위험한 때에 버
리고 가는 친구와 도무지 같이 여행하지 말라' 하더라."

---

52 정대하다: 의지나 언행 따위가 올바르고 당당하다.

72과
두 마리 염소

  어느 때에 한 마리가 건널 만한 좋지 못한 다리에 두 염소
가 두 끝에서 마주 건너갈새, 다리 중간에서 만나 서로 길
을 사양하지 아니하고 뿔을 겯고[53] 길의 권리를 다투다가
드디어 급히 흐르는 물에 떨어져 죽었더라.

---

53 겯다: 풀어지거나 자빠지지 않도록 서로 어긋매끼게 끼거나 걸치다.

73과

황소와 송아지

한 마리 황소가 어느 때에 자기의 힘을 다하여 억지로 자기의 외양간에 다니는 좁은 문을 비비고 들어가려고 하니, 송아지가 말하기를,

"내가 들어가서 그 방책을 말하리라. 나는 여러번 이렇게 하였나이다."

황소가 말하기를,

"그리 수고할 것 없다. 네가 나기 전에 내가 그 방책을 알았다."

하고, 듣지 아니하더라.

74과
사슴 새끼와 그 어미

어느 날 사슴의 새끼가 그 어미에게 말하기를,

"어머니여! 어찌하여 모친께서 이처럼 개를 무서워하는지 나는 알지 못하나이다. 모친이 이렇게 두려워함은 무슨 까닭이오니까?"

그 어미 사슴은 담대한 자기의 어린 새끼를 보고 웃으며 말하기를,

"네가 말한 것이 다 참말인 줄 내가 알았노라. 나는 나의 긴 다리를 보고 네가 말한 이야기를 다 기억하되, 그러나 한 마리 개가 짖는 것만 들어도 나는 기가 막히노라." 하더라.

75과

노새와 그 그림자

한 매우 더운 날에 한 여행객이 물건을 원방[54]에 옮기기 위하여 노새와 마부를 아울러 삯 내었더라. 길은 모래밭으로 가고 또 날은 혹독히 더워 오매 여행하는 사람은 마부더러 길을 쉬자고 하고, 맹렬히 쪼이는 태양의 더움을 면하기 위하여 노새의 그림자 아래 앉았더니, 이에 큰 다툼이 일어났으니, 대개 그림자는 한 사람만 앉을 수 있으매 마부는 튼튼한 몸이라 여행하는 사람을 한편으로 밀어 던지며 말하기를,

"노새의 그림자는 내가 요구하는 바라. 그대가 노새를 삯낼 때에 그 그림자에 대하여 말한 것은 없으니, 만일 이제 그대가 그 그림자도 원할진대, 이를 위하여 삯을 더 내야 되겠다."

하였더라.

---

[54] 원방: 먼 지방. 또는 먼 곳.

그 다툼이 심하여지매, 저희가 노새를 잊어 버렸으므로 노새는 제 마음대로 달아났으니, 이와 같이 그림자를 다투는 자는 실지[55]를 잃어버리느니라.

---

55 실지: 실제의 처지나 경우.

76과
소경과 절뚝발이

한 소경[56]이 험한 길목에 와서 그쳐 섰는데, 절뚝발이를 만나서 자기가 어려운 형편 중에 있는 것을 보호하여 달라고 간구하니, 절뚝발이가 대답하기를,

"내가 어떻게 할 수 있으랴? 나는 나의 몸만 하여도 간신히 끌고 다니는 절뚝발이요, 그대는 도리어 강건하여 보인다."

하니, 소경이 말하기를,

"나는 힘이 강건하외다. 길을 볼 수만 있으면 갈 수는 있노라."

하니, 절뚝발이가 말하기를,

"우리가 피차에 도와줄 수 있느니라. 만일 그대가 나를 업으면 우리가 함께 행복하게 되리니, 나는 그대의 눈이 되고 그대는 나의 발이 되라."

---

56 소경: '시각 장애인'을 낮잡아 이르는 말.

하니, 소경이 말하기를,

　"참으로 원하노라. 우리가 서로 힘을 다하여 하자."

하고, 드디어 그 절뚝발이를 등에 업고 평안하고 또 유쾌하

게 행하였더라.

77과

두 가마솥

한 강의 흐르는 물에 두 가마솥이 떠서 흐르는데, 하나는 흙으로 만들었고, 하나는 구리로 만들었더라. 구리 가마는 교제를 좋아하므로 말하기를,

"우리가 이렇게 동무 되었으니 친절히 지내사이다. 우리가 이렇게 흘러가는 것은 우리의 본뜻이 아니로되 뉘우치나 쓸데없나니, 우리가 오히려 여러 좋은 일을 볼 수 있다."

하니, 흙 가마가 말하기를,

"그대에게 비노니, 내게 이렇듯이 가까이 오지 말라. 내가 그대를 두려워하기를 강물을 두려워하는 것과 같음은 대개 그대가 나를 가만히 부딪칠지라도 나는 의심없이 깨어지겠노라."

하더라.

참 교제와 친절한 친구가 되고자 하는 자는 동등한 행위와 요구가 있어야 할지니라.

78과
용렬한 의사 개구리

한때는 어떤 개구리가 자기는 무슨 병이든지 치료 잘하는 고명한 의사라고 소문을 내었더라.

개구리가 말하기를,

"나의 치료를 받는 자는 건강한 신체를 회복할 터인데, 누구든지 병들어 있는 자들은 자기들의 허물이라."

하고, 짐승들에게 말하였더라. 여우가 이 말을 듣고 개구리에게 묻기를,

"그대가 다른 자를 위하여 이렇듯이 큰 일을 할 수 있으면 먼저 자기의 보기 싫은 보법과 우글쭈글한 가죽을 고치지 아니함은 어떤 일이뇨?"

하였더라.

다른 사람을 돕고자 하는 자는 첫째 자기를 고칠지니라.

79과
양의 가죽 쓴 이리

한 이리가 하루는 양의 가죽을 쓰고 양과 다름이 없이 양의 우리로 들어갔더라. 이리는 자기 원대로 양을 죽일 수 있는 기회를 얻었으나, 그러나 이렇게 할 시간이 오래지 못한 것은 대개 목자[57]가 밤 동안에 양의 우리에 들어와 그를 발견함이라. 양치는 사람이 이리를 양의 가죽을 쓴 대로 얽어매어 나무에 달아 두어 먹을 것을 찾으러 다니는 이리들에게 알게 하였더라.

우연히 그곳을 지나는 목자들이 그를 보고 서서 묻기를,

"어찌하여 양을 이와 같이 하였느냐?"

하고, 더욱 가까이 와서 본즉 양이 아니요 이리라. 주인 목자가 말하기를,

"이리가 비록 양의 가죽을 썼을지라도 나는 이리를 대접함이 이와 같다."

하더라.

----

[57] 목자: 목축을 직업으로 하는 사람. 특히 양을 치는 사람을 이른다.

80과
아이와 개암(榛)

한 아이가 하루는 개암[58]을 거의 채운 병에 제 손을 넣어 힘껏 움킬 수 있는 대로 움켜 가지고 주먹을 쥔 채로 꺼내려고 하였으되, 병목이 좁은 까닭으로 꺼내지 못하니, 그 개암을 버리기도 원치 아니하고 그것을 쥔 채로 꺼내기도 능치 못하여 아이는 울며 그 불행을 탄식하더라. 곁에 있는 사람이 드디어 그 아이에게 지혜롭고 또 지극한 이유로 말하여 주었으니, 이르기를,

"나의 아이야! 그 개암을 절반만 얻는 것으로 만족하게 여겨라. 그러면 네가 쉽게 그것을 얻으리라"

하더라.

---

58 개암: 개암나무의 열매. 모양은 도토리 비슷하며 껍데기는 노르스름하고 속살은 젖빛이며 맛은 밤 맛과 비슷하나 더 고소하다.

81과
수전노(守錢奴)

한 수전노[59]가 한 금덩이를 가졌는데, 이것을 땅에 묻고는 보기 위하여 날마다 그곳에 가더니, 하루는 금을 도적맞은 줄 알고 머리를 긁으며 크게 탄식하니, 이웃 사람이 그를 보고 말하기를,

"청컨대, 이처럼 슬퍼하지 말라. 한 돌을 그 구멍에 갖다 묻고 그것을 금이라고 생각하라. 그대에게 금과 같은 만족한 생각을 주리니, 대개 금이 저기 있어도 그대가 그것을 쓰지 아니하니 돌과 다름이 없느니라"

하더라.

---

59 수전노: 돈을 모을 줄만 알아 한번 손에 들어간 것은 도무지 쓰지 않는 사람을 낮잡아 이르는 말.

82과
과부와 그 작은 여종들

한 과부가 제 집안을 매우 청결하게 한다고 소문이 났고, 또한 두 여종에게 섬김을 받더라. 이 과부는 닭이 울 때 일어나서 자기의 종들을 불러 일으키니, 여종들은 이런 과도한 청결은 즐겨하지 아니하고, 또 이처럼 쉴 새도 없이 일하여 피곤한 고로 가련한 수탉을 원망함은 대개 주인을 이렇듯이 일찍이 일어나게 함이라. 종들이 말하기를,

"만일 수탉이 없었더라면 주인 부인은 해가 높이 올라올 때까지 자리라."

하여 말하기를,

"수탉을 죽이자, 이 밖에는 그 큰 울음소리를 그치게 할 방법이 없다."

하여 죽였더니, 주인 부인은 닭의 울음소리를 듣지 못하므로 시간을 알 수 없어 자주 종들을 밤중에 깨워 일을 시키더라.

83과

숯 굽는 자와 빨래하는 자

한 숯 굽는 자가 자기 집에서 영업을 하고 있을 때에, 하루는 빨래하는 친구가 와서 같이 살기를 청하니, 그가 말하기를,

"우리가 만일 동거하면 지금보다 더욱 가까운 친구가 될 터이오. 우리의 가용비도 매우 감하여지리라."

하니, 빨래하는 자가 대답하기를,

"함께 사는 것이 내게 합당치 아니하니, 대개 나는 무엇이든지 수고하여 희게 하되 그대의 숯이 곧 검게 하리니, 이러한 형편 아래 더 친하지 못할까 두려워하노라."

하더라.

84과
고슴도치와 뱀들

한 찌르는 고슴도치가 자기가 거주할 곳을 보기 위하여, 한 날은 기어 와서 따뜻한 굴 속에 있는 뱀의 한 족속을 보고 그 곳에 들어가 동거할 수 있나 물어 보았더라. 뱀은 자기의 본뜻이 아닐지라도 허락하니, 고슴도치는 뱀의 굴에 기어 들어간지라. 얼마 되지 못하여 그의 날카로운 털침이 뱀을 찔러 상하게 하니, 이러므로 저희가 고슴도치들어온 것을 도무지 좋아하지 아니하더라. 뱀이 말하기를,

"사랑하는 고슴도치여! 가시오. 그대는 이처럼 찌르는 자로다."

하니, 고슴도치는 매우 사납게 대답하기를,

"아니라! 만일 그대가 이곳에 있기를 즐겨 아니할진대 다른 데로 갈 수 있도다. 나는 이곳을 대단히 좋게 여기노라."

망령된 자가 한번 들어온 것을 내어 쫓음보다 처음에 들어오지 못하게 함이 쉬운 이치임을 뱀이 배우기는 늦었도다.

85과
한데 묶은 막대기

한데 묶은 막대기(85과 그림)

한 노인이 여러 아들을 두었는데, 저희끼리 자주 다투는
지라. 저희들을 화목하게 하려고 하였으나 하지 못하였더
니, 그가 세상을 떠날 나이가 가까이 오매 저희들을 자기
앞에 불러 놓고 한데 묶은 막대기를 보이며 말하기를,

"이제 너희들이 묶은 막대기를 꺾어 보아라."

하니, 아들들이 각기 차례대로 묶은 것을 잡고 힘을 다하여 꺾고자 하였으나 능히 못한지라. 다 시험한 후에 그치거늘, 아버지가 말하기를,

"그 묶은 것을 풀고 너희가 각각 하나씩 잡아 가지고 꺾을 수 있나 보아라."

하니, 저희가 쉽게 꺾는지라. 그때에 아버지가 말하기를,

"저 막대기를 묶었을 때에는 얼마나 힘 있는지 너희가 보았느냐? 잠시 후에 이것을 풀고 너희들이 쉽게 꺾었으니 만일 이제 너희들이 다투기를 그치고 각각 합하여 화목하면 묶은 막대기와 같으리니, 아무도 너희를 상하게 할 자가 없을 것이요, 만일 너희가 합하지 아니하면 약하기가 이한 개의 작은 막대기의 약함과 같아 아무 사람도 꺾을 수있으리라."

하였더라.

86과

여우와 까마귀

여우와 까마귀(86과 그림)

어느 날 까마귀가 한 조각 유병(乳餠)[60]을 도적하여 한가

---

60 유병(乳餠): 치즈.
    (19세기에 간행된 토머스 제임스(Thomas James)의 영어본(1852년)에는
    'Cheese'로, 그리고 조지 파일러 타운센드(George Fyler Townsend)의
    영어본(1867년)을 비롯한 대부분의 영어본에는 'flesh'로 되어 있다. 토머스

168

히 먹고자 하여 물고 날아가 나무에 앉았을 때, 한 여우가 우연히 지나가다가 그 까마귀를 쳐다보고 말하기를,

"유병의 냄새가 어찌 좋은지 내가 참으로 여우일진대 저 것을 취하리라."

하고, 바로 나무 밑에 가까이 가서 말하기를,

"나의 사랑하는 귀부인이여! 그대는 얼마나 아름다운 자인지요? 나는 그대의 가속이 아름답고 묘한 것을 가진 줄은 지금까지 알지 못하였나이다. 어찌 아름다운 눈이며 염염한[61] 날개며 아름다운 용자(容姿)[62]와 그대의 음성이 듣기에 사랑스러움이 그대 용모의 아름다움과 같습니까? 만일 그러하면 그대는 새 종류의 여왕이 될 자격이 넉넉하니, 그러므로 나를 위하여 한번 노래를 부르지 아니 하렵니까?"

하니, 까마귀 족속의 까욱 까욱 우는 곡조가 좋지 못한 것은 어디서든지 잘 아는 바라 까마귀는 십분 마음 써야 할 터이나, 그러나 여우의 아첨함을 매우 기뻐하여 자기의 신중한

제임스의 영어본을 저본으로 한 일본의 와타나베 온(渡部溫)의 일본어본 (1873년)에는 '乾酪(건락)'으로 표기되어 있다. '건락'은 우유 속에 있는 카세인을 뽑아 응고·발효시킨 식품, 즉 '치즈'이다.)

61 염염하다: 부드럽고 약하다.

62 용자(容姿): 용모와 자태를 아울러 이르는 말.

태도를 잊어버리고 소리를 들리려 하여 그 입을 벌린즉, 유병의 조각이 땅에 떨어졌으니 여우가 바라던 바와 같이 되었더라. 여우가 한입에 유병을 먹어 버리고 말하기를,

"귀부인이여! 감사하외다. 나는 진실로 만족하외다. 그대의 음성은 무던하오마는 귀부인의 지혜 없는 일은 가히 애석하다."

하였느니라.

　이 일에서 배울 것은 사람들이 우리에게 아첨할 때에 십분 조심할지니라.

87과
악한 희롱하는 개

어느 곳에 개가 있는데, 만나는 사람마다 달려드는 성벽[63]이 있는지라. 그러나 이 개가 사람의 발뒤꿈치를 물기까지 매우 조용히 행동하므로 상함을 받을까 염려하는 자가 없었는지라. 그 사나운 것을 주인이 여러 사람에게 주의하게 하기 위함과 동시에 개를 벌하기 위하여 주인은 어떤 때에는 개의 목에 방울을 달고, 또 목 사슬에 무거운 추를 단단히 달았더라.

개는 얼마 동안 부끄러워서 그 머리를 숙였으되, 차차 추로 인하여 주의할 개인 줄 알게 하니, 그 개가 이로써 교만하여 시장으로 두루 돌아다니며 방울과 추를 보여 저를 주의하게 하더라.

그가 또 저와 같은 특별한 표가 없는 개에게까지 자기의 풍채를 내되, 오직 늙은 사냥개는 이를 보고 말하기를,

---

63 성벽: 굳어진 성질이나 버릇.

"그대는 그대의 방울과 추로 어찌 이처럼 그대를 표시하는가? 방울과 추로 주의하게 한 이 뜻을 해석하면 이는 수치의 표이니, 그대가 악행이 있는 연고라. 덕행 때문에 표시하는 표가 있는 것은 좋으나, 우리의 단점 때문에 높은 이름을 얻는 것은 온전히 부끄러운 일이라."
하더라.

88과
개와 석화(굴)

한 개가 굴을 보고 계란인 줄 알고 삼킨지라. 조금 후에
매우 아파서 말하기를,

"이는 나의 급한 식욕이 이렇게 고통스럽게 하였다."
하더라.

89과

여우와 표범

여우와 표범이 서로 만나 누가 더 아름다운가 다투더니, 표범은 자기의 가죽을 장식한 문채[64] 있는 점 하나씩 보이는지라. 자기의 몸보다 더욱 지혜를 자랑하는 여우는 표범을 거절하며 말하기를,

"그대는 어떻게 자랑하든지 내가 더 아름다운 것은 오직 외모를 장식할 뿐 아니요, 마음을 상식하노라."
한지라.

인물은 의복보다 더욱 가치가 있어야 할지니라.

---

64 문채: 아름다운 광채.

90과
개와 소가죽

개 몇 마리가 굶주려 죽게 되었는지라. 가죽 공장 곁에 있는 강물에서 소가죽을 익히는 것을 보고 먹을 수 있을까 생각하고, 가죽 있는 데를 가다가 미처 가지 못하여 먼저 물을 마시기를 시작하였으되, 가죽 있는 곳까지 미치지 못하여 물을 오랫동안 마시므로 배가 찢어져 죽었더라.

91과
초부와 나무들

한 초부[65]가 삼림에 와서 자기 도끼에 맞출 자루 하나를 빌려달라고 청원하였더라. 나무들이 하나도 이론이 없이 들메나무를 택하였으니, 이는 나무 사회에서 사랑을 받지 못한 자라. 나무 중에 여럿이 담대히 말하기를,

"액운은 들메나무에게로 갔으니 초부에게 우리 마음을 통정할 것이 없다."

하더라.

초부가 도끼에 자루를 맞추어 가지고 나무들을 힘써 차례로 찍기를 시작하여 삼림 가운데 좋고 큰 것을 급히 찍어 넘기는 고로 나무들이 황망하였더라. 한 늙은 상수리나무가 백향나무에게 말하기를,

"그 동무의 운수가 늦었다고 탄식하였느니라. 들메나무의 첫 걸음에 우리의 모든 운수를 잃었나니, 만일 우리가

---

65 초부: 땔나무를 하는 사람.=나무꾼.

176

이렇듯이 들메나무의 권리를 빼앗아 초부에게 주지 아니하
였더라면 우리는 여러 해를 강건히 서 있을 뻔하였다"
하더라.

92과
소젖 짜는 처녀와 한 통 우유

젖을 짜는 달리라고 하는 여자는 좋은 처녀요, 그 직무에 조심하므로 주인 부인이 그에게 한 통 우유를 주었더라. 달리는 그 우유통을 머리에 이고 즐겁게 저자에 가서 팔고자 하며 생각하기를,

'이 우유를 판 값은 오십 전을 받을 터이니, 이 돈으로 우리 이웃의 좋은 달걀 이십 개를 사면 주인 부인은 틀림없이 암탉을 빌려줄 것이니, 비록 잘못 될지라도 병아리 열두 마리는 깔지라. 이 다음 저자에 오기 전에는 넉넉히 자랄 것이니 그때는 닭 값이 비싼 시절인 고로 모두 십일 원을 받을 수 있을지라. 이 다음에는 내가 전에 그 동네 의전(衣廛)[66]에서 보던 저고리도 사고 갓과 댕기도 살진대, 저자에 갈 때의 나의 태도가 어찌 보기 좋지 않으랴? 신랑이 되고자 하는 라빈이 저기 있을지니 와서 다시 친하려 하되 내가

---

[66] 의전(衣廛): 옷 가게.

178

쉽게 허락하지 아니하고, 또한 연극장에서 나와 같이 춤추기를 원하되, 나는 곧 내 머리를 흔들기만 하리라.'

하고, 조금 자기 머리를 흔든즉, 우유통이 땅에 떨어져 우유가 쏟아졌더라. 가련한 달리는 달걀과 병아리와 저고리와 갓과 댕기와 모든 것을 다 작별하게 되었더라.

93과
고양이와 여우

하루는 고양이와 여우가 수풀 가운데서 서로 말할새, 여우가 가로되,

"대개 나는 일천 가지 계교가 있는 고로 아무 일이든지 염려하지 아니 하노라. 어느 계교든지 나를 곤란 중에서 나오게 할 수 있느니라. 청컨대 묻노니 당신은 만일 원수에게 엄습을 받게 되면 어떻게 피하겠느뇨?"

고양이가 대답하기를,

"나는 오직 한 가지 방책뿐이니 만일 이것이 나를 구원하지 못하면 나는 아무것도 할 수 없노라."

여우가 말하기를,

"그대를 위하여 섭섭히 여기노라. 내가 즐겨 그대에게 한두 가지 계교를 가르칠지니, 우리는 다른 이를 의뢰하는 것이 슬기롭지 못하고, 각각 자기를 위하여 삼가 스스로 보전할지니라."

이 말을 마치지 못하여 사냥개 한 마리가 짖으며 달려드

니, 고양이는 즉시 자기 몸을 보전하려고 나뭇가지에 올라
가 조용히 앉아서 여우에게 말하기를,

"나의 방책은 이것이니, 그대의 방책은 무엇이뇨?"

여우는 일천 가지 방책을 다하여도 도망할 수가 없이 개
에게 잡힌 바 되었느니라.

94과
잔나비와 고양이

잔나비[67]와 고양이가 한집에 사는데, 둘 중에 누가 큰 도적인지 말하기 어려운지라. 하루는 저희가 같이 다니다가 화로불에 밤을 굽는 것을 보았더라.

교활한 잔나비가 말하기를,

"오시오! 우리가 오늘은 점심을 폐하지 맙시다. 화로의 밤을 써내기에 그대의 발톱이 나보다 적당하니 밤을 불에서 꺼내시오. 그러면 반을 그대에게 주리다."

고양이가 밤을 꺼내었는데, 이로 인하여 발톱을 불에 매우 많이 상한지라. 다 꺼낸 후에 잔나비에게 가서 자기의 부분을 달라고 하나, 그러나 고양이가 답답한 것은 밤 하나도 얻지 못하였으니, 이는 잔나비가 벌써 먹음이러라.

---

67 잔나비: '원숭이'를 이르는 말.

95과
이리와 목자

　오랫동안 이리가 양을 쫓아다녔으나 그 중에 하나도 해칠 기회가 없었더라. 목자는 항상 양을 지켜 이리에게 잠깐이라도 틈을 주지 아니하고 매우 엄하게 지키므로 가까이 가지 못하게 된지라. 그러나 여러 날을 지내되, 이리가 양을 한 마리도 해치지 아니하므로 가까이 오기를 허락하였더니, 나중에 양 무리 가운데 들어와 양 지키기를 개가 지킴과 같이 하는지라.

　목자가 말하기를,

　"저는 나에게 참으로 도움이 되는도다. 나는 저가 양이나 양의 새끼를 해치려고 힘쓰는 것을 도무지 보지 못하였다." 하고, 하루는 저자에 갈 일이 있으므로 이리에게 양을 맡겼으니, 이는 이리를 양의 보호자로 여김이라.

　그 사람이 간 지 오래지 아니하여 이리는 그 기회를 보고 양을 엄습하여 태반이나 죽였더라. 목자는 돌아와 말하기를,

"이는 나의 마땅한 죄로다. 어찌하여 내가 양의 가장 악한 원수에게 양을 맡겨 두었던고?"
하더라.

이르든지 늦든지 그 성품은 반드시 나타나느니라.

96과
이리와 여우와 원숭이

한 이리가 여우더러 도적질하였다고 책망하니, 여우는 도무지 모른다 하더라. 그런 고로 원숭이가 이 문제의 재판장이 된지라. 두 짐승은 각각 저희 사건을 진술하였는데, 원숭이는 아래와 같이 판결하였더라.

"이리야! 네가 도적맞았다고 하는데, 도적맞지 아니한 줄을 내가 아노라."

다음에 여우에게 향하여 말하기를,

"여우야! 나는 네가 도적질 아니 하였다고 하는 그 일을 한 줄로 믿노라."

하더라.

97과
소경과 이리 새끼

한 소경이 자기 손으로 만져보고 각색 동물을 분별하는 재주가 있더라.

어느 때에 누가 그에게 이리 새끼 한 마리를 가져다가 이것을 만져보고 알아내라고 하였더라.

소경이 만져보고 말하기를,

"조금 의심이 있는데, 나는 이것이 여우 새끼인지 이리 새끼인지 분명히 분변하지 못하겠으나, 오직 내가 잘 아는 바는 이것을 양의 무리에 들여보내면 평안치 못하겠다." 하더라.

98과
방탕한 자와 제비

한 방탕한 청년이 조업[68]을 다 허비하고 외투 하나밖에는 남기지 않고 자기의 윗옷을 다 팔았더라. 이른 봄이 되매 제비가 풀 동산으로 오르락내리락 하며 즐겁게 우는 것을 보고 여름이 다 된 줄 믿고 외투까지 팔은지라.

이튿날 우연히 서리가 와서 청년은 벌벌 떨다가 제비가 얼어서 꼿꼿이 땅 위에 죽어있음을 보고, 이에 말하기를,

"가련한 새여! 네가 너 올 시기 전에 오지 아니하였더라면, 내가 지금 이처럼 가련하게 되지 아니하였을 것이요, 너도 죽음을 면하였을 것이로다."

한 마리 제비가 여름이 되지 못하느니라.

---

68 조업: 조상 때부터 대대로 내려오는 가업.

99과
수퇘지와 여우

한 수퇘지가 제 어금니를 나무에 갈고 있더니, 여우가 말하기를,

"원수가 보이지 아니하는데, 이와 같이 전쟁을 예비함은 무슨 뜻이오니까?"

돼지가 말하기를,

"원수가 보이는 때에는 다른 일을 생각할 때라."

하더라.

100과
력신(力神)과 차부

한 차부[69]가 진구렁[70] 있는 작은 길로 짐 실은 마차를 끌고 가다가 차바퀴가 진흙에 깊이 빠져 말이 한 걸음도 더 나갈 수가 없는지라. 차부가 수레바퀴를 꺼내기에는 조금도 힘쓰지 아니하고 다만 꿇어 앉아 력신[71]에게 간구하기를, 와서 자기의 곤란한 것을 도와 달라 하는지라.

력신이 말하기를,

"게으른 놈아! 네 어깨를 차바퀴에 대고 힘껏 떠메라. 그런 후에 부족한 것을 신들에게 도와달라고 하면 도와주리라." 하더라.

「하늘은 스스로 돕는 자를 도와 주신다」 하는 속담을 기억할지니라.

---

69 차부: 마차나 우차 따위를 부리는 사람.
70 진구렁: 질척거리는 진흙 구렁.
71 력신: 힘의 신이라는 말로 '헤라클레스'의 번역임.

101과
노새와 도적놈

짐을 실은 두 노새가 큰길로 갈새, 한 마리는 돈을 가득히 채운 상자를 싣고 다른 노새는 곡식을 넣은 자루를 실었더라. 돈을 실은 노새는 머리를 들고 걸을 때마다 방울을 절렁절렁 울리며 의기당당하게 행하고, 그 동무는 뒤를 쫓아 조용하고 유순히 행하더니, 그 강한 발자취와 방울 소리를 듣고 홀연히 도적 한 떼가 달려들매, 돈 실은 노새가 크게 요동하니 도적이 병기로 찌르고 그 짐을 빼앗고 사람의 자취를 듣고 도망하니라. 다른 노새가 말하기를,

"내가 즐거워하는 것은 도적이 나를 이와 같이 가치가 없는 줄 아는 고로 무슨 잃은 것도 없고, 무슨 상한 것도 없다."

하더라.

102과

제비와 까마귀

제비와 까마귀가 하루는 저의 깃을 위하여 다툼이 일어났더라. 까마귀가 이와 같은 일로 변론하여 가로되,

"너희 깃이 지금 더울 때에는 마땅하나, 오직 나의 깃은 겨울 추울 때에 나를 보호한다."

하더라.

103과
주피터와 벌

꿀벌이 한 병 꿀을 주피터에게 선물하니, 주피터는 매우 기뻐하여 이것을 받고 대신으로 무엇을 원하느냐고 물은즉, 벌은 겨울에 저축한 먹을 것을 빼앗김으로 인하여 사사로이 분함을 품은 고로 사람을 어디든지 쏘면 죽게 하는 기계를 달라고 주피터에게 청원하니라.

주피터는 인류를 해할 마음이 있는 작은 벌레에게 맡기기를 원하지 아니하고, 또 벌의 원함이 악한 성품을 나타내므로 노하여 말하기를,

"그 약조한 일이 있으므로 벌에게 쏘는 능력을 주거니와 벌은 마땅히 쏘기를 조심할지니, 대개 그가 쏘면 쏜 자리에 침이 빠질 것이요, 또한 이로 인하여 생명을 잃으리라." 하였더라.

악한 것은 가끔 악함을 받는 자보다 악을 행하는 자의 해됨이 더 크니라.

104과

두 여행꾼

두 사람이 삼림 가운데로 여행할 때에, 그 중에 한 사람이 땅에 떨어진 도끼를 주웠더라. 이에 그 동무에게 말하기를,

"보시오! 나는 도끼 하나를 얻었노라."

하니, 동무가 말하기를,

"내가 얻었다고 하지 말고 우리가 얻었다고 하라. 우리가 동무인즉 마땅히 이것을 나눠야 합당하리라."

한데, 얻은 사람이 말하기를,

"아니라. 내가 도끼를 얻었으니, 이것은 나의 것이라."

하더니, 그들이 멀리 가지 아니하여서 도끼 주인이 쫓아오며 크게 노하여 부르는지라. 도끼를 가진 자가 말하기를,

"지금은 우리가 큰일 났다."

하니, 동무가 말하기를,

"우리가 큰일 났다고 하지 말고 내가 큰일 났다고 하라.

네가 도끼를 얻었을 때에는 네 것이라고 같이 나누기를 원하지 아니하였으니, 지금 나로 하여금 위험한 것을 나누려고 생각하지 말라."

하더라.

105과
염소 새끼와 이리

한 염소 새끼가 높은 바위에 올라가서 평안한 줄로 생각하고, 땅에 있는 이리에게 대하여 악한 말과 잡된 말을 하였더니, 이리가 말하기를,

"미련한 작은 놈아! 네가 능히 나를 후욕[72]하느냐? 이와 같이 악한 말을 하는 것은 네가 하는 것이 아니요, 오직 네가 서 있는 평안한 곳에서 나오는 것이로다. 만일 네가 나의 곁에 내려와 있으면 지금과 다른 마음을 가지리라." 하더라.

---

72 후욕: 꾸짖어서 욕함.

106과
박 넝쿨과 소나무

한때에 박이 크고 또 아름다운 소나무 곁에 심어져 있더니, 시절이 좋으매 박넝쿨이 잠시 동안에 잘 자라서 소나무 가지에 기어 올라가며 얽어 나무 전체를 덮었더라. 그 잎사귀는 대단히 크고 꽃과 열매가 아름다우매, 솔잎에 비교하면 확실히 자기가 크고 귀한 줄로 생각하니라. 박이 말하기를,

"아이고! 그대가 높이 올라가 자란 연수는 나의 날 수보다 많도다."

소나무가 말하기를,

"그러하오마는 여러 해 동안 나는 엄동설한과 삼복 더위를 거리끼지 아니하고, 여러 해 전보다 조금도 변하지 아니한 것을 그대가 보나니, 아무것도 나를 굴복하게 할 것이 없으나, 오직 그대의 족속은 곤란을 만나면 가장 처음의 화병(禾病)[73] 혹은 서리에 반드시 그대들의 교만을 꺾나니,

잠깐 동안에 그대들의 영화는 다 잃어버리느니라."
하더라.

---

73 화병(禾病): 벼에 생기는 병. 벼병.

107과
토끼와 사냥개

한 사냥개가 토끼를 쫓아갈새, 그 토끼는 오직 발이 빠른지라 개가 차차 쫓아 갈 생각을 그치니, 개의 주인이 보고 가로되,

"작은 토끼가 너보다 잘 달아나느냐?"

사냥개가 대답하기를,

"아, 주인이여! 이는 웃는 것이 마땅하외다마는, 주인은 토끼와 나 사이의 분간을 해석하지 못하나이까? 저는 자기 생명을 다하여 달아나고, 나는 점심 때문에 쫓는 것뿐이라." 하더라.

108과

왕을 청구하는 개구리 무리

왕을 청구하는 개구리 무리(108과 그림)

어떤 경치 아름다운 호수에 몇 마리 개구리가 가장 안락
하게 모여 살았으니, 그들은 큰 무리요, 또 매우 재미있게

지내었으되, 그들이 생각하기를,

　'우리를 다스리는 왕이 있으면 좋겠다.'

하니, 그런 고로 그들의 신 주피터에게 사자를 보내어,

　"우리에게 왕을 주소서."

하니, 주피터는 이 말을 듣고 그들의 어리석은 것을 비웃고 말하기를,

　"개구리는 현재의 형편대로 사는 것이 좋다."

하며, 그들에게 말하기를,

　"너희의 왕이 여기 있다."

하고, 큰 토막나무 한 개를 물 가운데 던졌느니라. 그 토막나무가 첨벙하는 큰 소리를 내자 개구리들이 놀라서 물과 진흙 속에 깊이 숨었더라. 조금 후에 한 용감한 놈이 먼저 나와서 그 왕을 엿보니 한 토막나무가 물 위에 떴는지라. 머지않아 한 마리, 두 마리가 차차 나와서 두려움으로 그 왕을 보았더라. 위태롭지 아니할 만한 거리에서 그 나무토막을 에워 싸고 다니다가 마침내 하나씩 하나씩 올라타거늘, 한 지혜 있는 늙은 개구리가 말하기를,

　"이는 왕이 아니요, 한 토막나무일 뿐이라. 만일 우리에게 왕이 있으면 주피터는 우리를 더욱 권고하리라."

하고, 다시 사자를 보내어 왕을 청하니, 주피터는 이 어리석은 개구리가 두 번째 괴로움 받는 것을 즐겨하지 아니하여 황새를 보내며 말하기를,

"지금은 너희를 다스리는 왕이 너희에게 있다."

하니, 개구리들이 황새가 엄숙한 모습으로 호수로 걸어오는 것을 보고 심히 즐거워하며 말하기를,

"그 당당한 모양과 걸음걸이와 긴 목으로 뒤룩거리는 것을 보라. 과연 우리의 왕이니 장차 우리를 잘 다스리리라."

하고, 일제히 모여 기뻐하면서 왕을 모시러 가니라.

이 새 임금이 가까이 와서 긴 목을 구부려 맨 앞의 한 마리를 삼키고, 한 마리 두 마리 냉큼 냉큼 삼키니, 개구리들이 놀라서 이것이 무슨 일이냐 하고 두려워 도망하려 하였으나, 황새는 긴 목으로 쫓아가며 할 수 있는 대로 빨리 잡아먹으니 늙은 개구리가 가로되,

"우리가 이전의 처지를 좋게 여겼더라면 좋을 뻔하였구나."

그 말을 마치지 못하여 황새의 삼킨 바가 되었더라. 남아 있는 개구리들이 주피터에게,

"구원하여 주소서!"

하였으나 듣지 아니하니, 황새 왕이 아침, 점심, 저녁으로 날마다 잡아먹어 잠깐 동안에 개구리가 하나도 남지 아니하였으니, 불쌍하고 어리석은 개구리가 저희 평안하던 것을 알지 못함이라.

109과
부엉이와 귀뚜라미

한 부엉이가 나무 굴통에 앉아 여름 긴긴 해에 졸고 있더니, 그 아래 풀 가운데서 우는 한 귀뚜라미 놈을 괴롭게 여겼더라.

부엉이가 귀뚜라미에게 멀리 떠나든지 조용히 하라는 말을 하나, 바로 듣지 아니할 뿐더러 더욱 처량하게 노래하여 가로되,

"정직한 사람은 밤에만 잔다."

하니, 부엉이가 얼마 동안 잠잠히 기다리다가 문득 교활한 꾀로 귀뚜라미에게 말하기를,

"사랑하는 자여! 내가 그대에게 노한 것이 옳은 것은 대개 내가 그대의 노래를 듣는 것보다 차라리 졸고자 함이라. 그러나 자지 못할진대 그대의 재미있는 작은 소리로 인하여 깨는 것은 차라리 위로가 되노라. 이제 생각한즉, 나는 그대와 같이 좋은 소리로 노래하는 음악가에게 선사하기

위하여 감로(甘露)⁷⁴를 가져 왔으니, 만일 그대가 수고로이 이곳까지 올라오면 한 방울을 드리리니, 이것을 마시면 그대의 소리가 더욱 청아하리라.”

어리석은 귀뚜라미가 뛰어올라 가니, 부엉이는 이를 잡아 죽이고 낮잠을 평안히 잤더라.

---

74 감로(甘露): 천하가 태평할 때에 하늘에서 내린다고 하는 단 이슬.

110과
차조기(蘇) 먹는 노새

한 노새가 여러 가지 준비한 것을 싣고 들길로 갈새, 그 주인과 풀 베는 자들이 그곳에서 일하고, 노새의 등에 실은 것은 사람들과 짐승들이 먹을 식물이라. 길 곁에 있는 크고 힘 있는 차조기[75]를 먹으며 생각하기를,

'놀랄 사람이 많으리라. 이렇듯이 아름다운 음식을 나의 등에 실었는데, 이와 같이 천한 차조기를 먹는 것은 놀랄 만한 것이 아니냐? 그러나 나는 천하에 아무 물건보다 이 쓰고 찌르는 잡풀을 맛있게 먹는도다. 다른 자들은 저희 좋아하는 것을 마음대로 택할지라도, 오직 나는 이와 같은 좋은 즙이 많은 차조기만 있으면 만족하도다.'

각 동물들이 제 비위대로 먹나니 다른 동물이 좋아 아니

---

[75] 차조기: 꿀풀과의 한해살이풀. 높이는 30~100cm이며, 잎은 마주나고 달걀 모양에 가장자리에 톱니가 있다. 8~9월에 연한 자주색 꽃이 잎겨드랑이나 줄기 끝에서 피고, 열매는 둥근 모양의 수과(瘦果)를 맺는다. 잎과 줄기는 약재로 쓰고 어린잎과 씨는 식용한다.

하는 것을 한 동물이 좋게 여기는 것은 신이 지혜롭게 주재
하심이라.

한 지혜 있는 자가 말하기를,

"잡풀이라 하는 것은 사람이 아직 사용하지 못한 식물
이라."

하니라.

111과
병난 수사슴

한 수사슴이 나이 많으므로 뼈마디가 뻣뻣하게 되었는데, 자기의 남은 날을 위하여 넉넉히 먹을 만큼 음식을 모으기에 수고를 많이 하였더라.

그는 초장[76]이 조용하고 양지 바른 한 모퉁이에서 자기 몸을 굴리며 자며 먹으며 평안히 만년을 보내더니, 제 동무를 많이 사랑하여 자주 올 때마다 예비하였던 음식을 그들에게 조금씩 주어 먹게 하였더라.

나중에 된 일은 그 가련한 수사슴이 죽었으니, 이는 병과 연로함으로 죽은 것이 아니라. 친구들이 자기 먹을 것을 먹으므로 굶주려 죽었더라.

---

76 초장: 풀을 베어서 쓰는 빈 땅.

112과
이리와 목자

한 이리가 지나가다가 목자들이 작은 집에서 점심에 양의 고기를 먹는 것을 보았는지라. 가까이 가서 말하기를,

"아, 신사들이여! 그대들은 양의 고기로 즐기나이까? 나도 양의 고기를 먹으려 하나, 그러나 내가 이렇게 하려고 하면 그대들은 어찌하여 크게 소동을 일으키느뇨?"

하더라.

113과
아이와 담마(蕁麻)(가시풀)

한 아이가 하루는 담마에 찔리니, 아파서 울며 집으로 돌아와 모친에게 가로되,

"내가 전에 담마에 찔려본 고로 이번에는 가만히 다쳤어도 매우 아프게 하나이다."

하니, 모친이 말하기를,

"너를 아프게 한 까닭은 곧 가만히 만진 까닭이로다. 이후 네가 담마를 만질 때에는 담대하고 또한 용기를 내어 잡아 봐라. 네 손에 부드럽기가 면주[77]와 같고 너를 조금도 상하게 하지 아니하리라. 만일 네가 유쾌하지 못한 일을 면하고자 할진대, 이 담마를 담대하게 만짐과 같이 여러 사람이 담마와 같으니 담대하게 하여야 될 것이니라."

하더라.

---

77 면주: 명주실로 무늬 없이 짠 피륙. = 명주.

114과

토끼들과 여우들

토끼들이 매들과 더불어 전쟁을 할 때에 여우에게 구원을 청하였더니, 여우가 대답하기를,

"만일 우리가 너희는 어떤 짐승이며 또 싸움하는 자는 누구인지 알지 못하였더라면 우리가 즐거이 너희를 도와주었으려니와, 우리가 친히 부탁하기 전에 마땅히 그 결과를 상량할[78] 것이라."

하더라.

---

78 상량하다: 헤아려서 잘 생각하다.

115과
수성(水星)과 초부(樵夫)

한 초부가 강가에서 나무를 찍다가 잘못하여 도끼를 물에 떨어뜨린지라. 이와 같이 생계를 지탱하여 가던 기계를 잃어 버렸으므로 언덕에 앉아 자기의 불행한 운수를 탄식하더라.

수성[79]의 신이 초부가 놀라게 나타나서 일이 어떻게 된 것인지 물어 초부의 불행한 이야기를 듣고, 물속으로 들어가서 금도끼를 가지고 올라 와서,

"이것이 네가 잃은 도끼냐?"

하니, 초부가 말하기를,

"이는 내 물건이 아니라."

---

79 수성(水星): 영어본에서는 'Mercury'라 했는데, 와타나베 온(渡部溫)의 일본어본(1873년)에서는 이를 '水星明神(수성명신)'으로 번역했다.
(고대 그리스인은 수성을 헤르메스(Hermes)에 대응시켰다. 헤르메스는 그리스 신화에 나오는 신으로 신들의 사자(使者)이며 목부(牧夫), 나그네, 상인, 도둑의 수호신으로, 날개 달린 모자와 신을 신고 뱀을 감은 단장을 짚으며 죽은 사람의 망령을 저승으로 인도한다고 한다. 로마 신화의 메르쿠리우스(Mercurius, 영어 표현은 Mercury)에 해당한다.)

한데, 수성의 신이 다시 물속으로 들어가서 은도끼를 가지고 나와,

　"이것이 네 것이냐?"

물었더라.

　초부가 말하기를,

　"이것도 또한 아니라."

하고 물리치니, 수성의 신이 또한 물에 들어가 이번에는 초부가 잃었던 도끼를 가져왔더라. 가련한 초부는 말하기를,

　"이것이 나의 것이라."

하고, 기뻐하고 감사하며 받으니, 수성의 신은 초부의 정직함을 기뻐하여 그의 도끼 외에 금, 은 두 도끼를 아울러 주었더라.

　초부가 집에 돌아오는 길에서 자기의 동무에게 자기가 당한 일을 다 말하니, 그 동무도 저도 이와 같은 좋은 운수를 얻을까 하여 결심하였더라.

　이에 강가에 가서 자기 도끼를 물에 떨어트리고 언덕에 앉아 불행함을 탄식하니, 수성의 신이 다시 나타나서 그의 슬퍼하는 연고를 묻고 초부의 말을 들은 후에, 수성의 신이 물에 들어가서 한 금도끼를 가지고 올라 와서 말하기를,

"이것이 네 것이냐?"

하니, 초부는 금을 보고 꿈인가 생시인가 하여 급히 자기의
것이라고 대답하며 욕심을 내어 도끼를 잡아 당기려 하니,
신이 그 거짓과 욕심을 알고 금도끼를 주지 아니할 뿐더러
그의 도끼도 내어 주지 아니하니라.

116과
쥐와 코끼리

　한 쥐가 큰 길로 여행하는 중인데, 큰 코끼리가 주인 왕과 그 사랑하는 개와 고양이와 앵무와 또 원숭이를 태우고, 그 뒤에는 종들의 추종과 많은 시위[80]하는 자들이 오더라.

　허다한 구경꾼이 칭찬하며 그 큰 짐승들과 종자들을 쫓아가므로 길이 온전히 메이더라. 쥐가 쫓는 사람 더러 말하기를,

　"너희들이 코끼리를 보고 이렇게 소동하니 어찌 미련하지 아니하냐? 코끼리의 몸집이 큰 까닭으로 여러분은 탄복하느냐? 그가 크게 된 것은 아무것도 아니요, 어린 아이들을 두렵게 하는 것 외에는 쓸 데 없나니, 나도 저와 같이 할 수 있노라. 코끼리도 짐승이요, 나도 짐승이니, 나의 다리와 눈이 저와 같으니, 만일 나와 코끼리를 비교할진대 나의 것이 더욱 아름다운 줄 알지라. 그런즉 이 대로(大路)

80　시위: 임금이나 어떤 모임의 우두머리를 모시어 호위함.

214

가 저의 길도 되고 나의 길도 되나니, 저가 홀로 점령할 권리가 어디 있느냐?"

이때에 고양이가 높은 곳에서 쥐를 엿보고 땅으로 뛰어 내려와서 쥐가 코끼리가 아니 된 것을 증거하였더라.

117과
농부와 황새

　한 농부가 새로 심은 밀을 먹으러 오는 두루미와 기러기를 잡기 위하여 자기 밭에 그물을 쳤더라.

　이 그물로 두루미와 기러기 여러 마리를 잡았고, 어떤 때는 잡은 가운데 황새가 있었는지라, 두루미와 기러기는 자기 생활하는 중에 우연히 오는 액운을 당하였을지라도 가하거니와, 오직 황새는 대단히 슬피하며 목숨을 구원하여 달라고 빌었더라. 자기를 죽이지 말라고 하는 이유 중에 황새는 특별히 자기는 두루미도 아니요, 기러기도 아니요, 오직 해로움이 없는 가련한 황새이며, 또는 제 부모에게 대한 직무를 할 수 있는 대로 하여 늙은 때에는 저를 먹이고 필요한 때에는 저를 업고 이곳 저곳으로 옮기는 자라 하더라.

　농부가 대답하기를,

　"이것이 다 참말인 듯하다마는 네가 악한 동무와 사귀어 같이 범죄하는 중에 잡혔으니, 또한 같은 벌을 받아야 합당한 줄 알라."

하였더라.

118과
사티로스(半人半羊의 神)[81]와 여행객

한 사티로스[82]가 겨울에 수풀로 두루 다니다가 여행객을 만나니 반쯤 굶주려 얼어 죽게 된지라. 사티로스가 그를 불쌍히 여겨 음식물을 주고 찬 것을 면하게 하기 위하여 자기의 굴로 데리고 온지라.

가는 길에 여행객은 늘 그 손을 불거늘, 사티로스가 말하기를,

"이것이 무슨 뜻이뇨?"

하였으니, 이는 사티로스가 인간 사회를 본 적이 적음이라.

그 사람이 대답하기를,

"나의 손가락이 거의 얼게 되었으므로 덥게 하려 함이라."

그 굴에 이르러 사티로스가 한 그릇 따뜻한 죽을 떠서 여행객에게 주니, 그가 힘을 다하여 부는지라. 사티로스가

---

81 半人半羊의 神: 반은 사람이고 반은 양인 신.
82 사티로스: 그리스 신화에 나오는 괴물.

이르되,

"어찌 하여 또 부느냐? 넉넉히 덥지 아니하냐?"

하니, 대답하기를,

"매우 덥소이다. 내가 이것을 부는 뜻은 먹을 만큼 식히려고 하노라."

이때에 사티로스는 놀라서 외쳐 가로되,

"그대는 떠나가라! 나는 같은 입으로 더운 기운을 불어내고, 또 찬 기운을 불어 내는 인류와 짝하지 아니하겠노라!"

하더라.

119과
수사슴과 호수

한 더운 날에 수사슴이 맑은 호수에 물을 마시러 왔더니, 그 물을 내려다본즉 자기의 형상이 있는지라. 놀라 말하기를,

"나의 가장자리 뿔이 어찌 아름다워 머리 양편에 뻗쳐 힘 있고 사랑스러우나, 그러나 나의 다리가 가늘고 보기 싫은 것은 애석한 일이로다."

이때에 한 사자가 숲 가운데로 뛰어나와 달려드니, 사슴이 달아날 때 그 보기 싫은 다리의 덕으로 잠깐 동안에 위험을 벗어나 피할 만한 곳으로 가려고 하나, 그러나 빽빽한 산 수풀에 이르러서는 그 자랑하던 뿔이 나무에 걸려 사자가 와서 움키기까지 벗어나지 못하였더라.

120과
농부와 능금나무

한 농부의 동산에 능금나무[83]가 있는데, 해마다 열매가 조금도 열리지 아니하고, 다만 참새와 귀뚜라미의 처소만 되었더라.

이 나무가 자기에게 아무 소용이 없는 것을 보고, 찍기로 작정하고 도끼를 들어 그 뿌리를 한번 힘껏 찍으니, 참새와 귀뚜라미는 각각 자기를 보호하는 나무를 찍지 말라고 농부에게 간청하되,

"만일 나무를 찍지 아니하시면 우리는 즐거운 노래로 노래하여 당신의 일을 가볍게 하여 나무 값을 당신에게 갚으려고 평생 힘을 다하리라."

하거늘, 농부는 그들의 청구함을 듣지 아니하고 그 도끼로

---

83 능금나무: 장미과의 낙엽 활엽 교목. 높이는 10미터 정도이며, 잎은 어긋나고 타원형인데 톱니가 있다. 4~5월에 흰 꽃이 짧은 가지에 피고 열매는 여름부터 가을에 걸쳐 붉은색 또는 누르스름한 이과(梨果)를 맺는다. 열매는 사과보다 작고 맛이 덜하다. 우리나라 특산종으로 경기, 경북, 황해 등지에 분포한다.

나무를 두 번째 찍고 또 세 번째 찍어 나무의 굴통 있는 데까지 찍으매, 그 속에 꿀이 가득한 벌의 집이 있는지라.

그는 꿀을 맛보고 즉시 도끼를 놓고 그때부터 그 나무를 잘 보호하고, 참새와 귀뚜라미는 그냥 나무에서 쉬더라.

일하지 아니하는 참새와 귀뚜라미는 꿀벌의 유공[84]함으로 인하여 평안함을 얻었더라.

---

84 유공: 공로가 있음.

121과

주피터와 넵튠과
미네르바와 모머스(옛 신들)

옛적 신화를 보면 최초의 인류는 주피터가 창조하고 최초의 소는 넵튠[85]이 창조하고 최초의 집은 미네르바[86]가 지었다 하더라.

그들의 일이 마친 때에 누가 가장 잘 지었나 하는 다툼이 일어난지라. 그들이 이 일을 모머스[87]라고 하는 재판관에게 맡겨 그 작정대로 하자고 하는 말에 일치가 되었더라. 그러나 모머스는 그들이 한 일을 크게 시기하여 각각 허물하였더라. 그는 소가 받는 것을 보기 위하여 소의 뿔을 눈 아래 두지 아니하였다고 넵튠의 일을 허물하였으며, 또 악한 사

---

85 넵튠: '넵투누스'의 영어 이름. 로마 신화에 나오는, 바다·강·샘을 지배하는 신. 그리스 신화의 포세이돈에 해당한다.
86 미네르바: 로마 신화에 나오는 지혜의 여신. 그리스 신화의 아테나에 해당한다.
87 모머스: 그리스 신화에 나오는 비난, 폄훼의 신인 '모모스' 또는 '모무스'의 영어식 이름이다.

람의 마음을 알아 악인이 하고자 하는 악에 대하여 경계하기 위하여 사람의 마음을 밖에 두지 아니하였다고 주피터의 일을 허물하였으며, 최후에 집 자체(自體)를 위함이 아니요, 오직 이웃 사람과 화합하지 못하면 집을 쉽게 떠 가지고 가게 하기 위하여 집터에 쇠바퀴를 달지 아니하였다고 미네르바를 꾸짖었더라.

이와 같이 허물 잡고자 하는 고집을 분히 여겨 주피터가 모머스를 재판장에서 면직시켜 올림푸스 신전에서 내쫓으니라.

122과
한 등불 심지

하루는 심지의 빛이 제가 밝게 빛나는 것을 좋아하여 제 빛이 태양과 달과 별보다 더욱 밝다고 스스로 자랑하더라. 참으로 이때에 문이 열리며 일진광풍[88]이 등불을 불어 꺼트리니 주인이 등불을 다시 켜며 말하기를,

"지금은 네 자랑을 그만두고 묵묵히 비추는 것으로 만족히 여겨라. 하늘의 빛은 불어 멸하지 못하나니, 하늘에 있는 일월성신[89]의 빛은 다시 점화할 필요가 없는 줄 알지니라."

하더라.

---

88 일진광풍: 한바탕 몰아치는 사나운 바람.
89 일월성신: 해와 달과 별을 통틀어 이르는 말.

123과
말과 마부

    한 마부가 말 먹일 콩을 도적하여 팔아 먹었으니, 그러나 종일토록 분주히 솔질하고 비질하였는데, 말이 말하기를,

    "그대가 만일 참으로 나를 보기에 미끈하고 곱게 하고자 할진대, 나를 쓰다듬기는 덜하고 콩을 더 주라."

하더라.

124과
사로잡힌 나팔수

전쟁을 할 때에 사로잡힌 나팔수가 자기를 살려달라고 간절히 빌며 말하기를,

"간청하옵나니, 나를 용서하여 주시고 까닭 없이 나를 죽이지 마시오. 나는 한 사람도 죽이지 아니하고, 또한 무장을 가지지 아니하고 오직 이 나팔뿐이니이다."

한데, 그를 사로잡은 자들이 말하기를,

"너를 죽이고자 함이 이 까닭이니, 네가 의심 없이 죽을 것은 대개 네가 친히 싸움에 담력이 없을지라도 다른 사람의 흉악과 피 흘리는 것을 격동[90]케 하였느니라. 싸움을 격동하는 자는 싸움에 참여한 자보다 더욱 악하니라."

하니라.

---

90 격동: 감정 따위가 몹시 흥분하여 어떤 충동이 느껴짐.

125과
자랑하는 여행객

한 여행객이 다른 나라에서 큰 일 한 것을 집에 돌아와 자랑하더라. 가령,

"롯이라 하는 지방에서 다른 사람이 미칠 수 없는 비상한 광도(廣跳)[91]를 하였다."

하며, 또 말하기를,

"이것이 참인 것을 증명할 자가 그 곳에 있다."

한지라.

이 자랑하는 말을 들은 사람 중에 하나가 말하기를,

"그것이 그럴듯하다마는 참으로 이곳을 롯 지방으로 여기고 여기서 다시 뛰기를 시험하라."

하였더라.

---

[91] 광도(廣跳): 제자리에 서서 또는 일정한 지점까지 도움닫기를 하여 최대한 멀리 뛰어 그 거리를 겨루는 육상 경기.=멀리뛰기.

126과
나무 울타리와 포도원

한 미련한 청년이 슬기 있는 자기 아버지의 유업을 물려 가진 후에 포도가 열리지 아니하는 고로 포도원 나무 울타리를 처서 없앴으니, 울타리가 다 없어지매 그곳이 막힌 것이 없어 사람과 짐승들이 들어 와서 밟으므로 포도 넝쿨이 곧 없어졌는지라.

이 미련한 자는 일이 다 지난 후에야 이 포도원을 차지한 것보다 보호함이 더욱 요긴하다는 것을 늦게 배웠더라.

127과
쥐와 족제비

한 굶주린 쥐가 콩 바구니에 어렵게 들어가니, 거기에 자기가 즐기는 먹을 것이 많음을 본지라. 이에 쏠고 먹기를 힘껏 한 후에 다시 들어온 데로 나가려 할 때, 전에 자기가 들어간 구멍이 이제 뚱뚱하게 불은 몸으로 나오기가 매우 좁은지라. 쥐가 부르짖는 소리를 들은 족제비가 그곳에 와서 이와 같이 말하였더라.

"나의 친구여! 지금 있는 곳에 머물러 몸이 파리하도록 금식하시오. 대개 그대가 들어가던 몸과 같이 파리한 형편이 다시 되기 전에는 도무지 나오지 못하리라."

하더라.

128과

이리와 양

  한 이리가 개에게 물려 움직일 힘이 없으매, 자기의 불행한 운수를 가련히 여기며 양에게 시냇물을 좀 가져다 달라고 청구하며 하는 말이,

  "만일 그대가 내게 마실 것을 가져다주면 고기는 내가 스스로 얻어먹겠노라."

하니, 그 양이 말하기를,

  "네. 내가 그것을 의심치 아니하노니, 대개 내가 네게 물을 주려고 가까이 가면 네가 나를 찢어 먹을지니라."

하더라.

129과

과부와 그 양

한 과부가 양 한 마리를 가졌는데, 양털을 많이 얻고자 하여 가죽에서 바싹 가까이 털을 깎아 내니, 양은 이렇게 깎는 것을 아파하여 부르짖기를,

"왜 그대가 나를 이렇게 괴롭게 하느뇨? 이는 그대에게 유익이 없나니, 나의 피가 털의 수를 더할 수 없으니, 만일 그대가 나의 고기를 인할진대 도한이를 불러 나의 불행을 마칠 것이요, 오직 나의 털을 원할진대 나의 피를 흘리지 말고 털을 잘 깎을 수 있는 털 깎는 자를 부를 것이라." 하더라.

130과
사람과 사자

한 사람과 사자가 동시에 함께 여행하다가 둘 중에 누가 담대하고 힘이 있는 자인가 큰 말로 다투기를 시작하여 그들의 다툼이 맹렬할 때, 우연히 길가에서 사람이 사자의 멱통[92]을 잡아 죽이는 형상으로 만든 우상이 있거늘, 그 사람이 말하기를,

"저것을 보라! 사람의 힘이 많다는 증거가 저보다 더욱 나은 것이 어디 있느냐?"

한데, 사자가 말하기를,

"그것은 사람 뜻대로 한 것이라. 만일 우리가 조각사(彫刻師)[93]가 될진대, 한 사자가 한 사람의 발 아래 눌림을 받는 것이 있으면, 사자의 발톱 아래 이십 명 사람이나 움킴이 있을지니라."

하더라.

---

92 멱통: 살아 있는 동물의 목구멍.
93 조각사(彫刻師): 조각을 전문으로 하는 사람.

131과
암사자

하루는 모든 짐승 중에 누가 제일 생산을 많이 하나 하는 다툼이 일어난지라.

암사자의 차례가 오매, 네가 한 번에 새끼 몇 마리나 낳느냐 묻거늘, 대답하기를,

"하나로다. 그러나 하나이되 이는 사자니라."

하였더라.

상등[94] 자격은 수효가 많은 것보다 나으니라.

---

94 상등: 등급을 나눈 것의 가장 위 등급.

132과
능금 도적하는 아이

한 노인이 하루는 나쁜 아이가 자기의 능금나무에 올라간 것을 보고 그에게 엄히 명하여 내려오라 하되, 악한 그 아이가 아니 내려오겠다고 대답하였더라.

노인이 말하기를,

"그러면 내가 너를 끌어 내려 오겠노라."

하고, 작은 나뭇가지와 풀 묶음을 던지니, 그러나 이것은 악한 아이에게 웃음거리일 뿐이라.

노인이 말하기를,

"옳다! 내 말과 풀 묶음이 너를 내려오게 못할진대 내가 돌멩이로 효험을 보리라."

하고, 열심히 돌을 던지니, 오래지 않아 그 아이가 견디지 못하여 나무에서 내려와 노인에게 용서하여 달라고 하더라.

133과
금알 낳는 거위

어떤 한 사람이 좋은 행복을 누리니, 이는 매일 금알을 하나씩 낳는 거위가 있음이라. 얼마 동안은 그 사람이 매일 금알을 하나씩 얻는 것으로 즐기더니, 차차 마음이 변하여 천천히 얻는 것을 참지 못하여, 드디어 거위 배 속에 있을 듯한 금을 단번에 얻기 위하여 거위를 죽이니라. 그러나 배를 째고 본즉 다른 거위와 똑같더라.

더 얻고자 하는 욕심이 있으므로 모든 것을 잃었느니라.

134과
늙은이와 죽음

한 노동자가 나이 많고 수고함으로써 허리가 굽었는데, 산에 가서 나무를 베더니 곤고하고 또 실망되어 나뭇단을 내던지며 부르짖기를,

"내가 이 일로 더 견딜 수 없으니, 만일 죽음이 이르면 나를 쉬게 하리라."

하니, 마침 이 말을 할 때에 죽음이 와서 묻기를,

"네가 원하는 것이 무엇이냐?"

한데, 노인이 대답하기를,

"청하노니, 당신은 내게 은혜를 내리사 이 나뭇단을 나의 등에 올려놓아 주옵소서."

하더라.

135과
아버지와 그의 두 딸

   한 사람이 두 딸을 두었는데, 하나는 채소 장수에게 시집 가고 하나는 질 그릇장이에게 시집 보낸지라. 채소 장사를 하는 딸에게 가서,

   "그 사는 형편이 어떠하냐?"

고 물으니, 딸이 대답하기를,

   "매우 좋소이다. 우리 소원대로 다 있으나 우리 채소밭에 비가 좀 많이 오기를 원하나이다."

하였더라.

   또 질그릇 굽는 딸에게 가서 묻기를,

   "일이 어떻게 되어 가느냐?"

하니, 대답하기를,

   "우리가 만든 기와가 잘 마르기 위하여 이와 같은 좋은 일기와 더운 날 밖에는 원하는 것이 없나이다."

   그 아버지가 말하기를,

   "슬프다! 너는 좋은 일기를 원하고 네 동생은 비 오기

를 원하니, 너희 둘 중에 내가 누구의 원함을 위하여 기도
하랴?"
하더라.

136과
병든 사자와 여우

한 사자가 너무 늙고 약하여 사냥을 못하고, 만일 먹을 짐승을 잡으려 할진대 계교로 할 수밖에 없는지라.

그러므로 자기의 굴 한편 모퉁이에 기어 들어가 거짓으로 병난 체하니, 이 굴을 지나가는 모든 짐승들이 그를 보려고 들어가 가까이 간즉, 사자가 달려들어 잡아먹었더니, 이렇게 하기를 많이 한 후에 사자의 꾀를 짐작한 여우가 지나갈새, 잡히지 아니하리만큼 평안한 거리에서 사자더러,

"어떠하냐?"

물으니, 사자는,

"병이 매우 대단하다."

하며, 여우더러 이리로 와서 자기를 보아 달라 하니, 여우가 대답하기를,

"내가 즐겨 그렇게 하겠으나, 그러나 나의 주의하는 바는 짐승들이 그 굴로 들어간 발자취 뿐이요, 도로 나온 표가

없는 바라."

하더라.

137과
해산하는 산

옛적에 하루는 산 속에서 큰 소리가 나는 것을 들은지라. 이에 산이 해산[95]한다 하여 가까운 데와 먼 데로부터 여러 사람이 모여 그 큰 산이 해산하는가 보러 갔더니, 산 아래 서 있는 자들이 오랫동안 기다리고 지혜롭게 헤아린 후에 한 생쥐가 쑥 나오는지라.

굉장한 소문은 오직 미미한 실행뿐이니라.

---

95 해산: 아이를 낳음.

138과
주피터와 약대

옛적에 한 약대가 자기에게 뿔을 달라고 주피터에게 청구하였으니, 대개 자기에게 없는 뿔이 다른 짐승에게 있는 것을 본 고로 이것이 자기에게 크게 원통함이 된지라.

주피터가 뿔을 주지 아니할뿐더러, 그가 어리석게 억지로 구하여 그 귀까지 깎아서 짧게 하였느니라.

필요하지 아니한 것을 구하면 이미 있던 것까지 잃어버리느니라.

139과
달과 그 모친

한때에는 달이 제 어미에게 자기에게 맞는 작은 옷을 지어 달라고 하였더라. 그 어미가 대답하기를,

"네가 이제는 초월(初月)[96]이요, 후에는 만월(滿月)[97]보름달이요, 또 후에는 반월(半月)[98]이 되니, 내가 어떻게 네게 맞는 옷을 지어 주겠느냐?"

하더라.

---

[96] 초월(初月): 음력 초하루부터 며칠 동안 보이는 달. 초저녁에 잠깐 서쪽 지평선 부근에서 볼 수 있다. = 초승달.

[97] 만월(滿月): 음력 보름날 밤에 뜨는 둥근달. = 보름달.

[98] 반월(半月): 반원형의 달. = 반달.

140과
말과 수사슴

어떤 때에 한 말이 목장 전부를 차지하였더니, 수사슴이 온 후에는 목장을 밟아 상하게 하거늘, 말이 사람에게 저를 도와 사슴을 내쫓기를 구하니, 사람이 대답하기를,

"만일 나로 하여금 네 입에 재갈을 물리고 나를 태우고 무기를 찾으러 가게 하면 허락하리라."

하니, 말이 허락하거늘, 사람이 즉시 올라타고 앉은지라.

오직 말은 그때부터 사슴에게 복수하지 못할 뿐더러 사람에게 종이 되었더라.

자유를 주고 복수함을 사는 것은 비싼 값이니라.

141과
사자와 생쥐

사자와 생쥐(141과 그림)

어느 때에 굶주린 사자가 우연히 깨어 자기의 발 아래 생쥐 한 마리가 있는 것을 알았는지라. 사자는 이 작은 쥐를 잡아 한 입에 삼키려고 할 즈음에, 그 작은 놈이 쳐다보며 제 생명을 위하여 애걸하니라.

생쥐가 매우 슬픈 소리로 말하기를,

"나를 잡아먹지 마시오. 이처럼 당신에게 가까이 온 것은 해함이 없을 줄로 생각하였노라. 만일 당신이 이제 내 생명을 용서하시기만 하면 내가 장차 귀군[99]의 은혜를 반드시 갚으리라."

사자는 냉소(冷笑)하였으나, 그러나 이렇듯이 많이 아첨하여 즐겁게 하므로 사자가 그 발을 들어 담대한 작은 사로잡힌 쥐를 놓아 보내니라. 이 사자는 얼마 되지 못하여 전에 놓아준 쥐가 빠졌던 재앙과 같은 재앙에 자기도 빠진지라. 이전에 사자가 조롱하던 말을 쥐가 행함으로써 제 생명이 구원을 얻게 되었더라.

사자가 몇 사냥꾼에게 사로잡히게 되매, 그들이 튼튼한 줄로 사자를 단단히 동여매고 죽일 기계를 얻기 위하여 가더니, 사자가 부르짖는 소리를 쥐가 듣고 빨리 와서 그 줄을 쏠아 사로잡힌 왕 되는 사자를 놓여 가게 하였더라. 쥐가 말하기를,

"이전에 내가 당신을 섬길 수 있다 하는 말에 대하여 당

99 귀군: 듣는 이가 손아랫사람일 때, 그 사람을 친근하게 높여 이르는 2인칭 대명사.

신이 웃었으니, 내가 당신에게 보은할 줄 당신은 조금도 생각지 못하였으되, 그러나 당신이 내게 감사하기를 내가 전에 당신에게 감사한 것처럼 되었나이다."

하더라.

　약한 자도 세상에서 강한 자같이 할 일이 있느니라.

142과
쥐의 회의(會議)

쥐의 회의(142과 그림)

로사라 하는 늙은 고양이가, 이처럼 쥐의 종류를 소탕하니

쥐를 찾아보기가 어려운 것은, 모든 쥐가 다 멸망한 연고로다.

오직 남아 보전한 몇 마리 쥐는, 그 구멍을 떠나가기 두려워하며

일생 자기 음식을 절제하므로, 주린 배를 반도 못 불렸도다.

또 이상히 여기지 아니할 것은, 쥐를 잘 먹는 자를 쥐가 알기는

고양이가 아니요 참 마귀로다, 하루는 이 쥐를 먹는 고양이가
자기의 아내와 함께 출입하며, 앙우 앙우 우는 소리를 할 때에
남은 쥐들 기회 타서 회의 할 때, 쥐의 사건은 중대한 의논이라.
임박한 환난을 어떻게 면할까, 저들의 회장은 신중한 쥐로다.
제일 되는 방침 어서 한시 바빠, 고양이 목에다가 방울을 달아
이리저리 사냥하러 다닐 때에, 방울 소리를 잘 듣고 주의하여
땅속에 깊이 평안히 숨어 보자, 다른 생각들은 조금도 못하리.
모든 회원들은 다 말하기를, 저희 마음은 다 회장과 같도다.
누가 고양이 목에 방울을 달고, 곧 의심 없이 그 일이 잘 되리라.
모든 쥐가 제각기 다 말하기를, 나는 그와 같이 미련치 않도다.
그 방침을 이만하고 유안[100]함은, 회의가 결과 없이 폐회됨이라.
의회의 회장은 매우 존대하고, 사리를 지혜롭게 분석했으나
이와 같이 일이 된 공의회들을, 또한 내가 이미 많이 보았도다.

지혜의 변론과 반박(反駁)하는 자는 많으나 실행하는 그 사
람은 얻기가 어렵도다.

---

100 유안: 처리하여야 할 일이나 안건을 미루어 둠.

143과
비구름

한 큰 구름이 가물고 마른 지경[101]을 급히 지났으나, 그러나 지경을 시원하게 할 한 방울 비도 떨어트리기를 허락하지 아니한지라. 그 후에 퍼 붓는 듯이 비를 바다에 내려쏟고 다시 가까운 산이 듣는 데서 자기의 호협함[102]을 자랑하기를 시작하였더라.

오직 산이 대답하기를,

"이런 호협한 것으로 네가 잘한 것이 무엇이냐? 그렇게 비를 주는 것을 보기만 하여도 어찌 보는 자에게 더욱 슬픔이 되지 않겠느냐? 만일 그대의 소나기 비를 땅 위에 부었더라면 그대가 가무는 지방을 구원하였을 뻔하였으되, 그러나 바다에는 물이 항상 많으니 네가 주지 아니하여도 족하리라."
하더라.

---

101 지경: 나라나 지역 따위의 구간을 가르는 경계.
102 호협하다: 호방하고 의협심이 있다.

144과
괴임을 받는 코끼리

한때에 코끼리가 왕 사자의 조정에서 총애(寵愛)를 받는 제일 높은 자리를 차지하였더라. 숲 가운데 짐승들이 곧 이 일을 말하기 시작하였는데, 코끼리가 이렇게 괴임[103]을 받는데 대하여 여러 가지 평론이 있었더라. 짐승들이 서로 말하기를,

"코끼리는 아름답지도 못하고 재미도 없고 무슨 습관이나 묘책이 없다."

하였나이다. 여우가 말하기를,

"코끼리에게 만일 나와 같은 더부룩한 꼬리가 있으면 나는 이상히 여기지 아니하겠다."

하고, 곰이 말하기를,

"동생이여! 혹 그가 좋은 발톱이 있을진대 사방의 이리를 잡아 올 수 있겠으나, 그러나 이상하도다. 발톱이 도무지

---

103 괴다: (예스러운 표현으로) 특별히 귀여워하고 사랑하다.

없는 것은 우리가 잘 아는 바라."

곰이 말하는 중에 황소가 말하기를,

"그의 어금니로 인하여 괴임을 본 것이 아니냐? 아마 이
것을 뿔인 줄로 잘못 짐작한 것이 아니냐?"

다음에 당나귀가 자기의 귀를 흔들며 말하기를,

"코끼리가 어떻게 괴임을 받는 것과 유명한 성적을 얻은
것을 그대들이 알지 못할 수가 있느냐? 나는 그 이유를 짐
작하노니, 그가 만일 긴 귀가 아니었다면 세상에서 도무지
괴임을 보지 못하였으리라."

하더라.

145과
포곡조(布穀鳥)와 독수리

　독수리가 포곡조[104](두견새(杜鵑鳥), 유럽에서 밤에 우는
새)를 직원으로 승차[105]시켰더니, 곧 자기의 새 지위로 인하
여 교만하여 한 나무에 올라 앉아 자기의 음악 재주를 연습
할새, 얼마 후에 사방을 돌아보매 다른 새들이 다 달아나며,
어떤 새는 비웃으며 어떤 새는 기롱하거늘, 포곡조가 성을
내어 급히 독수리에게 가서 새들을 송사[106]하여 가로되,
　"나는 이 삼림에 두견새로 지정하온 바, 그 새들이 나의
노래를 비웃으니, 구하옵는 것은 나를 불쌍히 여기시고 도

---

104 포곡조(布穀鳥): 두견과의 새. 두견과 비슷한데 훨씬 커서 몸의 길이는 33cm,
　　편 날개의 길이는 20~22cm이며, 등 쪽과 멱은 잿빛을 띤 청색, 배 쪽은
　　흰 바탕에 어두운 적색의 촘촘한 가로줄 무늬가 있다. 때까치, 지빠귀 따위의
　　둥지에 알을 낳아 까게 한다. 초여름에 남쪽에서 날아오는 여름새로 '뻐꾹뻐
　　꾹' 하고 구슬프게 운다. 산이나 숲속에 사는데 유럽과 아시아 전 지역에
　　걸쳐 아열대에서 북극까지 번식하고 겨울에는 아프리카 남부와 동남아시아
　　로 남하하여 겨울을 보낸다. = 뻐꾸기.
105 승차: 한 관청 안에서 윗자리의 벼슬로 오름.
106 송사: 재판에 의하여 원고와 피고 사이의 권리나 의무 따위의 법률관계를
　　확정하여 줄 것을 법원에 요구함. 또는 그런 절차. = 소송.

와주옵소서."

독수리가 말하기를,

"나는 왕이로되 신(神)은 아니니, 네가 송사하는 사건에 대하여 어떻게 할 방책이 없노라. 나는 포곡조로 하여금 두견새라 명령할 수는 있으나, 포곡조를 참으로 변하여 두견새가 되게 하기는 능치 못하노라."

하더라.

146과
얼음 가운데 있는 여우

겨울날 강물이 많이 얼었을 때에 한 여우가 사람들이 거처하는 곳 가까이 얼음 구멍에서 물을 마시고 있더니, 마침 이때에 심상히 여김으로써 끝내는 그의 꼬리가 젖어서 얼음에 얼어붙었더라.

여우는 꼬리를 많이 상하지 아니하고 쉽게 뗄 수 있었으니, 꼬리를 조금 당기어 한 이십 개 털만 뽑히면 사람이 오기 전에 급히 자기 굴로 돌아갈 수 있었더라. 그러나 자기의 꼬리털이 뽑혀 상하는 것을 견디지 못한 것은 그 수북하고 또 누르고 더부룩한 꼬리라 조금 기다림이 좋다 하여, 사람은 아직까지 잘 터이니 또한 잠깐만 있으면 얼음이 녹을 듯하니, 이렇듯이 되면 꼬리를 얼음 구멍에서 쉽게 빼낼 수 있다 하여 기다리고 또 기다리매 오직 꼬리는 더욱 얼뿐이라. 여우가 사방을 살펴본즉 날은 거의 동이 트고 사람들은 소요하며 소리들이 들리니, 그 가련한 여우는 분주히 꼬리를 떼기 시작하여 이리저리 당기어 보아도 얼음 구멍

에서 떨어지지 않는지라. 요행히 한 이리가 그 길로 지나가 더니, 여우가 말하기를,

"사랑하는 아버지여! 나를 구원하여 주시오. 나는 거의 죽게 되었나이다."

그런 고로 이리가 머물러 여우 구원하기를 착수하였는데, 그 방법은 오직 하나 뿐이니, 온 꼬리를 다 물어 끊는 것이라. 그러므로 그 어리석은 여우가 꼬리 없이 삼림으로 돌아 왔으되, 몸에 가죽이 남아 있으므로 즐거워하더라.

147과
연구하는 사람

"사랑하는 친구여! 오늘 평안하시오? 어디로부터 오나
이까?"

"박물관으로부터 오나니, 거기서 세 시간을 지내었으니
거기 있는 모든 것을 연구하였노라. 그렇게 많이 본 것이
나를 놀라게 하였으되, 내가 능력과 재주가 없으매 그대에
게 이 모든 것을 일러주지 못하리라. 참으로 그곳이 이상한
궁전이라 하노라. 어찌 많은 천연적 발명과 보지 못한 모든
새와 짐승들과 파리들과 나비들과 아충(蚜蟲)[107]들과 갑충
(甲蟲)[108]들과 어떤 것은 초록색이요, 어떤 것은 산호색(珊瑚
色)[109]이며, 어떤 것은 연지충(臙脂蟲)[110]이요, 참으로 그 중에

---

107 아충(蚜蟲): 진딧물과의 곤충을 통틀어 이르는 말. 풀이나 나무의 잎 또는
　　가지에 붙어서 진을 빨아 먹는다. = 진딧물.
108 갑충(甲蟲): 딱정벌레목의 곤충을 통틀어 이르는 말. 온몸이 단단한 껍데기
　　로 싸여 있고 앞날개가 단단하다. 풍뎅이, 하늘소, 딱정벌레 따위가 있다.
109 산호색(珊瑚色): 산홋가지의 빛깔과 같이 연한 분홍색.
110 연지충(臙脂蟲): 멕시코와 중앙아프리카에서 나는 곤충. 성충이 되면 체내에

더러는 바늘 끝보다 작더라.”

하거늘,

　“그러나 네가 코끼리를 보았느냐? 그것을 어떻게 여기느냐? 네가 산이 앞에 있는 줄을 생각지 아니하느냐?”

　대답하기를,

　“코끼리 말이냐? 코끼리가 정녕 그곳에 있더냐?”

　“있고 말고, 형제여! 나를 너무 업신여기지 마시오. 그러나 참말로 나는 코끼리를 보지 못하였노라.”

하더라.

서 많은 천연원료를 얻을 수 있음. 여기서는 ‘자줏빛을 띤 빨간색’의 의미로 쓰임.

148과
섬기는 다람쥐

한 다람쥐가 사자를 섬기는데, 무슨 일을 어디서 하였는지 알지 못하나, 그러나 분명히 아는 것은 다람쥐가 사자 앞에서 긴절함[111]을 보았으니, 사자를 만족하게 하기는 어려운 일이라.

사자를 섬기는 상으로 사자가 다람쥐에게 도토리 한 수레를 주기로 약조하였더라. 그렇게 하였으나 오직 세월은 점점 지나가고 다람쥐는 자주 굶주리되, 주인 앞에서는 좋은 낯으로 지내나 눈에는 눈물이 그렁그렁 하더라.

저희 삼림을 두루 돌아볼 때에 이전 동무들은 몸을 나타내어 여기 저기 높은 나무 위에 앉았는데, 눈이 부시도록 그들을 쳐다보니 그들은 도토리와 밤을 까먹더라. 이 다람쥐는 그들을 보기만 하고 그밖에 아무것도 할 수 없더니, 어떤 때에는 부름을 받고, 어떤 때에는 사자를 섬기려고

---

111 긴절하다: 매우 필요하고 절실하다.

끌려간지라.

　나중에는 다람쥐는 늙고 또 사자를 섬기기 어렵게 되니 다람쥐를 놓아 줄 때가 된 고로 사자가 섬기기를 그만두라고 명령하고, 약조한 대로 도토리를 한 수레에 가득히 주니, 이는 상품 도토리요, 온 세상에서 전에 보지 못하던 특별히 택한 과실이요, 한결 같고 온전한 귀한 물건이라. 그러나 오직 한 가지 불행한 것은 이 다람쥐가 이미 늙어서 이빨이 다 빠짐이라.

149과
이리와 고양이

한 이리가 삼림으로부터 나와서 촌락으로 들어갔으니, 이는 누구를 심방하러 간 것이 아니요, 제 몸을 위하여 두려운 마음이 나서 생명을 구하기 위함이라. 사냥꾼과 사냥개의 떼가 이리를 따르더라. 이에 첫 대문을 통하여 들어가기를 원하나, 그러나 불행한 것은 문을 잠금이라.

이리가 한 고양이가 목책에 올라앉은 것을 보고 말하기를, "나의 친구 고양이여! 빨리 말하시오. 이곳에서 누가 제일 인자한 자가 되며, 나를 나의 악한 원수에게서 숨겨 주리오? 저 개들이 짖는 것과 두려운 호각 소리를 들으시오. 모든 소리는 참으로 다 나를 따라 오는 소리이다."

그 고양이가 말하기를,

"빨리 가서 농부 스테판에게 물어 보시오. 그는 매우 인자한 자라."

한데, 이리가 대답하기를,

"참 말씀이오? 그러나 내가 그의 양의 가죽을 찢었노라."

"그러면 데미안에게 물어 보시오."

대답하되,

"그도 또한 내게 화낼까 두려운 것은 내가 그의 염소 새 끼를 물어갔노라."

"그러면 저리로 가시오. 트로핌이 저기 사느니라."

"트로핌 말이오? 내가 저를 보기만 해도 두려워하노니, 지나간 봄부터 그가 나를 잡고자 하는 것은 내가 그의 어린 양 하나를 잡아먹음이라."

"오오! 그것 참 아니 되었소. 혹, 크림이 그대를 보호하리다."

이리가 말하기를,

"슬프다! 내가 그의 송아지 하나를 죽였노라."

고양이가 말하기를,

"무슨 말이오? 내가 들은 것은 네가 이 동네에 있는 모든 사람들과 더불어 다 틀려 원수가 됨이라. 이곳에서 네가 보호함을 받고자 하는 이유가 무엇이냐? 아니라, 아니라. 이곳 사람들은 제 물건을 상하게 하려고 너를 구원하기를 즐겨할 정신없는 자가 아니니라. 참으로 이는 네 허물이로 다. 네가 심은 대로 이제 거두리라."

하더라.

해설

이 책은 한국 최초의 근대 대학인 숭실대학교의 설립자 윌리엄 마틴 베어드(William. M. Baird, 한국 이름 배위량(裵緯良), 1862~1931)가 번역한 이솝우화를 현대어로 번역한 것이다.

1.

기원전 6세기경 이솝이 지은 '이솝우화'는 세계 각국으로 전파되어 해당 국가의 언어로 번역되어 읽힌 우화집이다. 우화의 형식을 활용하여 삶에 필요한 지혜와 교훈을 주기 때문에 지금도 널리 읽히고 있는 책이다. 우리의 경우도 예외는 아니다.

이솝우화는 애국계몽기에 서양의 문물과 문화가 국내에 유입되는 과정에서 소개되었다. 당시 소학교 국어교과서인 『신정심상소학』이 1896년에 간행되었는데, 여기에 이솝우화가 실리면서 이솝우화는 본격적으로 국내에 소개된 것이

다. 아울러 미국인 선교사들이 국내에서 활동하면서 『조선 크리스도인회보』 등과 같은 신문을 간행하였는데, 사설 등에서 이솝우화를 인용하기도 하였다. 1897년 5월 26일자 「조선크리스도인회보」의 〈됴와문답〉이라는 글에 인용된 것이 처음이다. 이후 이솝우화는 각종 신문과 잡지에 실리면서 점점 많은 이야기가 알려지게 되었다. 그런데 이때에는 '이솝우화'라는 제명을 밝히지 않고 단순히 이야기로만 소개하거나 원 이야기가 신문사설에 삽입되어 연재된 경우가 많았다. 신문이나 잡지에 수록되면서 그 제목도 제각기 다르게 붙였는데, '이솝쓰寓語(우어)'(『대한유학생회학보』, 1907), '이솝의 이약'(최남선, 『소년』, 1908), '寓意談(우의담)'(『신문계』, 1913), '이약이'(『아이들보이』, 1914), '우슴거리'(『경향잡지』, 1916) 등으로 다양하다.

　신문 잡지에서는 한두 편이나 세 편 정도를 소개하는 정도였는데, 1908년에 윤치호가 대한서림에서 낸 『우순소리(笑話)』가 간행되면서 많은 이야기가 한번에 소개되기 시작했다. 『우순소리』에는 총 71편의 이야기가 수록되었다. 이 책에 실린 이야기는 이솝우화를 번역한 것이 아니라 윤치호에 의해 재창작된 것이라는 평가가 있다. 1911년에는 송헌

석이 보급서관에서 『伊蘇普의 空前格言(이소보의 공전격언)』을 간행하는데, 여기에는 69편의 이솝우화가 수록되었다. 『우순소리』에 이은 두 번째 이솝우화 단행본이다.

한편, 숭실대학교의 설립자인 베어드 선교사가 1921년에 조선야소교서회에서 '이솝우언'이라는 제명의 이솝우화 번역서를 간행하였다. 이 책에는 149편의 이야기가 수록되었는데, 당시까지 나온 이솝우화집 중 가장 많은 이야기를 소개했다는 의의와 함께 외국인 선교사에 의해 한글로 번역된 책이라는 의의도 있다.

2.

베어드는 미국 북장로교 선교사로 1891년에 내한하여 1897년에 평양에 숭실학당을 설립하고 이어 숭실중학, 숭실대학을 세워 1915년까지 교장직을 맡아 교육 선교에 매진했다. 교장직에서 물러난 뒤인 1916년부터는 기독교 교리서의 번역과 보급 등 문서 선교 사역에 집중했다. 당시의 상황은 한국 선교활동 기간인 1891년부터 1931년까지 40년에 걸쳐 기록하여 보고한 선교리포트에 잘 기록되어 있다.

(김용진 옮김, 『윌리엄 베어드의 선교리포트Ⅱ』, 숭실대 한국기독교박
물관, 2016.)

　"지난해 제가 부여받은 일의 일부로 문서 사역이 주어졌지만,
여러 가지 이유로 아직 번역 일에 많은 시간을 할애할 수 없어서
계획했던 바를 성취하지 못했습니다. 10월부터 일 년의 대부분은
여러 형태의 학급에서 가르치는 일과 순회설교를 하는데 보내게
되어서 번역하는 일은 그 사이에만 할 수 있었습니다." (「1916-
1917년 베어드 개인 보고서」)

　"안식년 후에 베어드 여사와 저는 1918년 11월에 한국으로 귀
환하였습니다. 잠깐 집안 정돈을 마친 후 나는 다음과 같은 네 가
지 주요 노선을 따라 사역을 재개하였습니다. (1)번역, (2)한국인
교회에서의 설교, (3)교실수업, 그리고 (4)권서인 감독이 그것이었
습니다.
　1. 서적 및 전도 책자 번역
　번역 사업을 좀더 본격적으로 시작하려 할 때 극복해야 할 많은
실제적인 어려움이 있었습니다. 진정으로 도움을 줄 수 있는 번역
가를 찾기란 쉽지 않았고 그들을 쓸모 있게 훈련시키는 데에 많은
시간이 걸렸습니다. 저는 네명의 자격을 갖춘 조사를 확보하기를
바랐었습니다. 저는 여러 번, 한 명에서 네 명까지의 직원을 두었
었는데 비록 그들이 훈련이 잘 되지는 않았지만 번역 사업이 그런

대로 돌아가도록 유지할 수는 있었습니다. 우리들은 경찰의 현장 급습을 당하기 십상이었고 번역가들은 감옥에 구금되었습니다. 경찰이 언제라도 현장을 급습할 가능성이 높다고 알려지자 직원들이 최선을 다해 일을 하는 것이 불가능해진 것은 자명한 일이었습니다. …(중략)…

(5) 『이솝우언』(*Aesop's Fables*)이 번역되었고 출판을 준비중입니다. 이 책은 간단 명료한 예시의 형태로 많은 내용을 전달하고 있어 한국인이 좋아할 만한 책입니다. 조선예수교서회는 영어판에서 사용된 것과 같은 동물 삽화를 곁들여 조속한 출판을 서두르고 있습니다. 이 책만으로도 아마 상당한 판매 수익이 확보될 수 있을 것입니다."(「1918-1919년 베어드 보고서」)

"다른 사역을 하면서 틈틈이 짬을 내어 번역작업을 한 결과 약간의 진전이 있었습니다. 다른 책들도 번역을 시도했으나 저는 다음의 책만을 언급하겠습니다. …(중략)…

2. 『이솝우언』도 또한 일 년 전에 출판을 위해 조선예수교서회로 이관되었습니다. 보통 오랜 시일이 걸리는 검토위원회의 심사를 통과한 후 그 책은 출판 비용 때문에 출판이 지연되었습니다. 그 책에는 삽화가 들어가야 하기 때문에 출판하기엔 비싼 책이 될 수밖에 없고 따라서 적정한 가격으로 최근에 인쇄 작업을 끝마치는 것은 분명히 불가능했습니다. 그러나 서회는 조만간에 출판할 것을 약속하고 있습니다."(「1919-1920년 베어드 개인 보고서」)

위의 인용문에서 보는 바와 같이 베어드는 1916년부터 번역일에 집중했으며, 『이솝우언』은 1918년에 번역이 되었다. 이 번역은 조선예수교서회에서 단행본으로 출판하기로 되어 있었다. 책에는 삽화가 들어가기 때문에 출판 비용 문제로 인해 출판이 지연되어 1921년에야 출판이 되었다. 『이솝우언』에는 삽화가 들어가야 하기 때문에 출판 비용이 더 들고, 책값도 비싸게 책정될 것이라는 점이 흥미롭다. 원래는 영어본에서 사용된 것과 같은 삽화를 넣으려고 했으나 사정이 여의치 않았던 듯하다. 실제로 『이솝우언』에 수록된 삽화 가운데 인물 그림은 한복을 입고 갓을 쓴 조선인을 그린 것이다. 영어본의 그림을 그대로 쓴 것이 아니라 다시 그리는 과정을 거쳤기 때문에 출판이 예상보다 늦어진 것으로 보인다. 결국 1921년 조선야소교서회에서 삽화를 곁들인 단행본으로 출간을 하였고, 정가는 45전으로 책정되었다.

　　이렇게 간행된 『이솝우언』의 번역 과정과 목적에 대해서는 베어드의 서문에 잘 드러난다.

이 책을 여러 나라 말로 번역하였는데, 이제 조선 국문으로 번역할새, 여러 책 중에서 제일 좋은 본을 택하여 번역한 고로 이 책 중에 요긴한 대목은 다 번역이 된지라. 이 책은 우언뿐이나 그러나 좋은 이치를 가르칠 때에 요긴하게 참고하기를 간절히 바라노라. (「이솝우언 서」)

이솝우화가 여러 나라 언어로 번역된 사실과 함께 자신이 번역한 것은 여러 책 중에서 제일 좋은 본을 택했다고 했다. 하지만 구체적으로 누가 언제 어디서 간행한 책인지 밝히고 있지 않아 대본을 특정할 수 없는 실정이다.(1920년 이전에 나온 영어 번역본을 두루 찾아보았으나 찾지 못했다. 베어드가 그리스어에도 능통했다는 전언으로 미루어 그리스어본을 대본으로 삼았을 가능성도 있으나 필자의 능력 부족으로 그리스어본은 자료만 찾았을 뿐 비교해 보지는 못했다.) 그리고 요긴한 대목이 다 번역이 되었다는 언급으로 보아 대본으로 삼은 책의 전문을 번역한 것이 아니라 발췌해서 번역한 것이라는 점을 짐작할 수 있다. 번역의 목적은 아이들과 청년들을 가르칠 때에 요긴하게 참고하게 하려는 것이었다. 따라서 번역 수록한 이야기의 단위는 학습의 단위인 과(課)로 쓰고 있다.

책 이름을 '이솝우언'이라고 한 것은 이러한 유형의 이야기를 동아시아 전통에서 '우언(寓言)'이라고 불렀던 데 기인한다. '우화(寓話)'는 동화의 일종으로 일본과 우리나라에서 서양의 이솝우화를 번역하면서 사용되기 시작한 개념이고, '우언'은 『장자(莊子)』에 등장한 이래 동아시아 한문문명권에서 전통적으로 사용되던 개념이다. 베어드는 이솝 이야기를 한글로 번역하면서 동양의 전통에 따라 '우언'이라는 번역어를 택한 것으로 보인다.

3.

『이솝우언』의 구성은 배위량(베어드)이 쓴 서문인 「이솝우언 서」, 수록된 이야기의 제목을 나열한 「우언목록」, 이솝의 간략한 생애를 쓴 「우언자의 조상 이솝의 사적이라」, 그리고 본문에 해당하는 149편의 이야기 순서로 되어 있다.

「우언자의 조상 이솝의 사적이라」는 이솝의 생애를 간략하게 기록한 것이다. 대부분의 영어본에도 이 책의 내용과 같은 이솝의 생애를 수록하고 있다. 일반적으로 잘 알려진 이솝의 생애를 서로 공유하여 수록한 것으로 보인다. 이 책에서도 영어본의 해당 내용을 번역해서 수록한 것이다.

번역 수록된 이야기는 총 149편이다. 이 가운데 7과 〈쥐의 공회(公會)〉와 142과 〈쥐의 회의(會議)〉는 소위 '고양이목에 방울 달기'로 잘 알려진 이야기로, 이 책에서는 산문, 운문 형식으로 각각 수록했기에 한 편으로 보아야 한다.(운문 형식의 글은 이것 한 편뿐인데 이솝 이야기가 시로 전승되기도 했다는 점을 의식해 이렇게 번역 수록한 것으로 보인다) 따라서 실제 이야기는 148편인 셈이다.

148편의 이야기는 신화적 성격의 이야기(121과 〈주피터와 넵튠과 미네르바와 모머스(옛 신들)〉), 특정 동물의 성질이나 외모의 유래를 설명하는 동물 유래 이야기(56과 〈새들과 짐승들과 박쥐〉, 103과 〈주피터와 벌〉, 138과 〈주피터와 약대〉 등), 그리고 본격적인 동물 이야기(1과 〈여우와 사자〉 등), 사람과 동물이 함께 등장하는 이야기(71과 〈곰과 두 여행객〉 등), 사람만 등장하는 이야기(81과 〈수전노〉 등), 사물을 의인화한 이야기(27과 〈북과 꽃병〉 등) 등으로 다양하다. 베어드의 서문 가운데 "요긴한 대목은 다 번역"이 되었다고 한 것처럼 이솝 이야기의 다양한 유형을 보여주고 있음을 알 수 있다. 물론 이야기 가운데 중심이 되는 것은 동물을 주인공으로 하는 동물우화로 수록 편수도 제일 많다.

이 책에 번역 수록된 이솝 이야기는 화자가 교훈을 덧붙이지 않은 채, 이야기만 전하는 경우가 많다. 이야기 끝에 별도로 교훈을 제시하는 이솝우화집도 있는데, 이 책의 경우에는 따로 제시하지 않고 작중 인물 혹은 동물의 대화로 교훈을 전달하는 것이 대부분이다.

번역상의 특징점도 몇 가지 발견된다. 우선 이야기의 시작은 관형사 '한'으로 시작되는 경우가 많다. '어떤'이라는 뜻으로 대상을 뚜렷이 가리키지 않아 특정된 시공간을 배경으로 하지 않은 것이다.

신의 이름은 음역하기도 했고, 바꾸기도 하기도 했다. 121과 〈주피터와 넵튠과 미네르바와 모머스(옛 신들)〉에서 보는 바와 같이 비록 지금의 표기 방식이 아닌 '주비더', '넵춘', '미널바' 등으로 했지만 외래어를 그대로 음역한 경우도 있고, 100과 〈력신(力神)과 차부(車夫)〉, 115과 〈수성(水星)과 초부(樵夫)〉에서 보는 것처럼 바꾸기도 했다. '력신'은 'Heracles'의 번역인데 '힘의 신'을 뜻하는 '력신'으로 번역한 것이다. '수성'은 영어본이나 그리스어본에서는 'Mercury', 'Hermes'로 등장하는데 바꾼 것이다. 일본어 번역본에서는 '수성'으로 표기한 책도 있는데, 아마 이를 참고한 것이 아닌가 싶다.

영어본의 'Wolf', 'Camel'의 번역은 '이리', '약대'로 했다. 근래에 간행된 번역서에서는 모두 '늑대', '낙타'로 번역하고 있는 점에 비해 이채롭다. 당시에 두루 통용되는 단어를 택한 것으로 보인다. 57과 〈촌 쥐와 성 안 쥐〉에서처럼 영어본의 'Town'을 '성 안'으로 번역한 것도 같은 양상이다.

우리식 옷차림 표현도 특징적이다. 69과 〈바람과 태양〉에서는 바람과 태양이 "보행꾼의 두루마기"를 벗기는 내기를 한다고 했고, 92과 〈소젖 짜는 처녀와 한 통 우유〉에서는 처녀가 옷가게에 가서 "저고리도 사고 갓과 댕기도" 살 것이라고 했다. 영어본에서는 단순히 '옷'이라고 한 것을 이렇게 구체적으로 표현한 것이다. 당시 조선인 독자를 위한 번역이다. 이런 양상은 삽화에서도 나타난다.

이솝우화집의 특징으로 삽화를 수록하고 있다는 점을 들 수 있다. 영어본의 경우에는 책마다 서로 다른 삽화가 수록되어 있다. 책을 간행할 때마다 새로 그린 그림을 수록한 것인데, 이 책의 경우도 마찬가지이다. 이 책에 수록된 삽화는 총 13개로 3개는 세로로 세워서 한 면에 한 개씩 배치했고, 10개는 한 면에 두 개씩 가로로 배치했다. 그림은 영어본과 같은 구도를 취하고 있지만, 인물의 경우에는 한국인의 옷차림을 한 인물로 바꾸었다. 30과 〈사람과 그의 아들과 나귀〉, 71과 〈곰과 두 여행객〉, 85과 〈한데 묶은 막대기〉에 등장하는 인물은 모두 한복 차림을 한 한국인이다. 그리고 70과 〈토끼와 거북〉에서 보는 것처럼 배경이 되는 들판의 식물들은 우리 땅에서 흔히 볼 수 있는 것이다. 인물 배경 등을 한국식으로 한 것이다, 이솝우화의 한국식 수용인 셈이다.

이 책이 여타의 이솝우화집과 차이를 보이는 또 다른 점은 기존의 이솝우화집에서는 찾아볼 수 없는 이야기가 10여 편 있다는 것이다. 과문한 탓에 번역 원문을 찾아내지 못한 결과인데, 현재 세계에서 가장 많은 이솝우화를 수록한 『Aesopica』(미국 학자 Ben Edwin Perry(1892~1968)가 그리스어와 라틴어 이솝우화를 정리하여 1952년에 출판한 책으로 총 725편의 이야기를 수록함)나 다른 영어본에서도 볼 수 없는 이야기이다.

북이 자기의 소리가 멀리 간다고 자랑하자 꽃이 자신의 향기는 다른 이의 도움 없이 멀리 퍼진다고 응수하는 이야기(27과 〈북과 꽃병〉), 자신의 등에 실은 맛있는 음식보다 차조기라는 식물을 좋아하는 노새 이야기(110과 〈차조기 먹는 노새〉), 능금을 도적질하는 아이를 노인이 돌멩이를 던져 혼냈다는 이야기(132과 〈능금 도적하는 아이〉), 메마른 땅을 지나 바다에 비를 쏟은 구름을 산이 꾸짖은 이야기(143과 〈비구름〉), 코끼리가 사자의 조정에서 총애를 받아 높은 자리에 오르자 여우, 곰, 당나귀가 코끼리의 총애받는 이유를 논평하는 이야기(144과 〈총애를 받는 코끼리〉), 박물관에서 온갖 짐승을 다 보았다고 자랑하지만 코끼리는 모른다는 사람의 이야기(147과 〈연구하는 사람〉) 등이 그것이다. 번역의 대본으로 활용한 저본을 특정하지 못한 상황에서 나온 결과이긴 하지만 반드시 후속 연구를 통해 밝혀야 할 것이다.

현재 국내에는 아주 다양한 이솝우화 번역서가 있다. 이솝우화의 내용을 윤색하거나 각색한 책도 많다. 베어드 번역의 『이솝우언』도 수많은 이솝우화집 가운데 한 책이다. 하지만 일제 강점기에 외국인 선교사에 의해 한글로 번역된 책이라는 점과 이솝우화의 한국적 수용이라는 점을 염두에 두고 읽어본다면 그 가치를 새롭게 발견할 수 있을 것이다. 아울러 이 책에는 지금은 잘 쓰지 않는 단어나 예스러운 표현이 많이 있어 당시의 언어생활도 엿볼 수 있다는 점도 흥미롭게 읽어보아야 할 요소이다.

[참고한 논문과 책]
김영, 「우언문학 연구의 현황과 과제」, 『한국학연구』 13, 인하대 한국학연구소, 2004.
김용진 옮김, 『윌리엄 베어드의 선교리포트 II』, 숭실대 한국기독교박물관, 2016.
최나, 『한국 근대 이솝우화 연구』, 역락, 2021.
허경진·표언복·유춘동, 『근대 계몽기 조선의 이솝우화』, 보고사, 2009.

권미선, 『정본 이솝우화』, 창비, 2009.
박문재, 『이솝우화전집』, 현대지성, 2020.
천병희, 『청소년과 성인을 위한 정본 이솝우화』, 숲, 2013.
최인자·신현철, 『어른을 위한 이솝 우화 전집』, 문학세계사, 2021.
와타나베 온 번안, 편무진 편역, 『통속이솝우화』, 박이정, 2008.

숭실대 HK+ 사업단
메타모포시스 교양문고 3
베어드 선교사의 한글 번역본, 이솝우언

2023년 4월 14일 초판 1쇄 펴냄

역 자 장경남
발행인 김흥국
발행처 보고사

책임편집 이순민
표지디자인 김규범

등록 1990년 12월 13일 제6-0429호
주소 경기도 파주시 회동길 337-15 보고사
전화 031-955-9797(대표), 02-922-5120~1(편집), 02-922-2246(영업)
팩스 02-922-6990
메일 kanapub3@naver.com / bogosabooks@naver.com
http://www.bogosabooks.co.kr

ISBN 979-11-6587-459-9 94810
       979-11-6587-170-3 94080(세트)
ⓒ 장경남, 2023

정가 18,000원

이 저서는 2018년 대한민국 교육부와 한국연구재단의 지원을 받아 수행된
연구임(KRF-2018S1A6A3A01042723).